Hokkaido
Sapporo
Tohoku
Niigata
Sendai
toyama
Tokyo
Fuji
Shizuoka

日本の日常生活

LA VIE QUOTIDIENNE

Au Japon, la vie quotidienne est un dépaysement total pour le voyageur et même le fait de prendre le train peut être une aventure originale. Si tout semble ordonné vu de l'extérieur, c'est parce que les Japonais sont éduqués dans le respect des fonctionnements et règles de bonne conduite dès leur plus jeune âge. Cependant, de nombreuses habitudes, coutumes ou règles peuvent déstabiliser ou étonner le voyageur qui les découvre pour la première fois. Il est donc utile de connaître quelques bases pour éviter des déconvenues !

ポスト

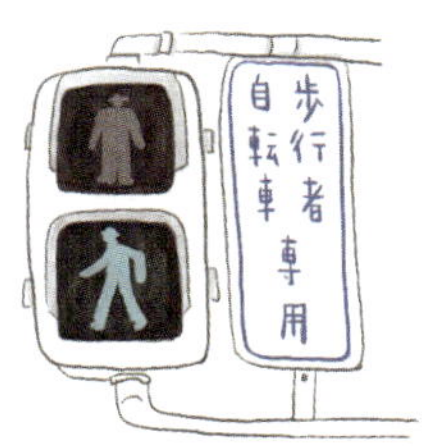

お金

日本語

LE JAPONAIS : L'ÉCRITURE

La langue japonaise (nihongo) est réputée pour être difficile à apprendre et cela vient en grande partie de son écriture complexe.

LES ALPHABETS

Il existe deux alphabets phonétiques : **hiragana** et **katakana**.

ひらがな HIRAGANA

En complément des kanji pour les liaisons, la grammaire ou la conjugaison.

あ	か	さ	た	な	は	ま	や	ら	わ
い	き	し	ち	に	ひ	み		り	
う	く	す	つ	ぬ	ふ	む	ゆ	る	を
え	け	せ	て	ね	へ	め		れ	
お	こ	そ	と	の	ほ	も	よ	ろ	ん

が	ざ	だ	ば	ぱ
ぎ	じ	ぢ	び	ぴ
ぐ	ず	づ	ぶ	ぷ
げ	ぜ	で	べ	ぺ
ご	ぞ	ど	ぼ	ぽ

カタカナ KATAKANA

Pour les mots étrangers.

ア	カ	サ	タ	ナ	ハ	マ	ヤ	ラ	ワ
イ	キ	シ	チ	ニ	ヒ	ミ		リ	
ウ	ク	ス	ツ	ヌ	フ	ム	ユ	ル	ヲ
エ	ケ	セ	テ	ネ	ヘ	メ		レ	
オ	コ	ソ	ト	ノ	ホ	モ	ヨ	ロ	ン

ガ	ザ	ダ	バ	パ
ギ	ジ	ヂ	ビ	ピ
グ	ズ	ヅ	ブ	プ
ゲ	ゼ	デ	ベ	ペ
ゴ	ゾ	ド	ボ	ポ

LES KANJI (CARACTÈRES JAPONAIS)

Les kanji, quant à eux, sont des idéogrammes empruntés aux caractères chinois. Ils définissent un objet ou une idée ; ce sont eux qui donnent le sens à l'écriture.

L'évolution des kanji

Les kanji sont à l'origine de simples dessins qui ont évolué au fil du temps. Voici quelques exemples d'idéogrammes, depuis le dessin d'origine jusqu'au kanji d'aujourd'hui.

日 / hi / le jour

馬 / uma / le cheval

刀 / katana / le sabre

手 / té / la main

門 / mon / la porte

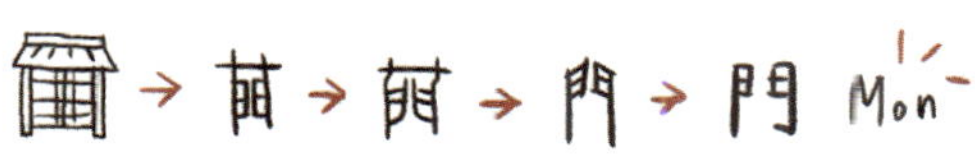

L'apprentissage des kanji est un long processus qui se déroule tout au long de la scolarité. Il y a plus de 10 000 kanji répertoriés, mais durant leur scolarité, les élèves apprennent les 2 000 kanji usuels qui servent à lire le journal.

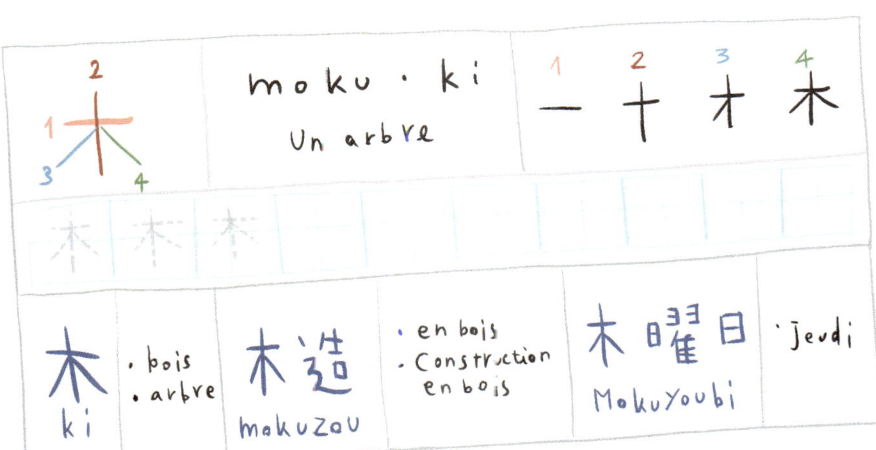

Carte d'apprentissage d'un kanji
Pour chaque kanji, les écoliers s'exercent en écrivant des lignes de caractères en suivant scrupuleusement le nombre et l'ordre des traits.

日本語

LE JAPONAIS : PETIT GUIDE DE SURVIE

SE PRÉSENTER

Bonjour	Konnichiwa	こんにちは
Bonjour (le matin)	Ohayô	お早う
Au revoir	Sayonara	さようなら
Bonne nuit	Oyasumi nasai	お休みなさい
Merci	Arigato	ありがとう
S'il vous plaît	Onegai shimasu	お願いします
Comment allez-vous ?	O genki desuka ?	お元気ですか?
Je suis français(e)	Furansu-jin desu	フランス人です
Parlez-vous anglais ?	Eigo shabérimasuka ?	英語喋ります か?
Je m'appelle Laure	Watashi no namaé wa « Laure » desu	私の名前は « Laure » です

LES MOTS DE BASE

Oui	Hai	はい
Non	Iié	いいえ
S'il vous plaît	Onegaishimasu	お願いします
Merci	Arigato	ありがとう
Pardon, désolé	Gomennasai	ごめんなさい
Je ne comprends pas	Wakarimasen	知りません
J'ai compris	Wakarimashita	わかりました
C'est interdit	Damé desu	だめです
Aujourd'hui	Kyo	今日
Demain	Ashita	明日
Hier	Kino	昨日

Geste pour dire « OK ».

Geste pour signifier que c'est interdit.

TROUVER SON CHEMIN

Je suis perdu	Watashi wa mayotté imasu	私は迷っています
Où est cet endroit ?	Kono basho wa doko desuka ?	この場所はどこですか ?
Tout droit	Massugu	まっすぐ
À droite	Migi	右
À gauche	Hidari	左
C'est loin ?	Toii desuka ?	遠いですか ?
Train	Densha	電車
Métro	Chikatetsu	地下鉄
Taxi	Takushii	タクシー

AU RESTAURANT / À TABLE

Repas	Shokuji	食事
Petit déjeuner	Asa gohan	朝御飯
Dessert	Dezâto	デザート
Bon appétit	Itadakimasu	いただきます
Merci pour ce repas (à la fin du repas)	Gochisosama deshita	ごちそうさまでした
C'est bon	Oiishii desu	おいしいです
Les baguettes	Ohashi	お箸
Restaurant	Resutoran	レストラン
S'il vous plaît	Sumimasen	すみません
Le menu, s'il vous plaît	Menyu onegai shimasu	メニューお願いします
Combien ça coûte ?	Ikura desuka ?	いくらですか
L'addition, s'il vous plaît	Okaikei onegai shimasu	お会計お願いします
Boissons	Nomimono	飲み物
Santé !	Kanpai	乾杯
Une bière, s'il vous plaît !	Biru ippon kudasai	ビール一本ください
Thé	Ocha	お茶
Eau	Omizu	お水

MONNAIE ET CHIFFRES

Dans les magasins ou les restaurants, il n'est pas rare de voir les chiffres affichés en kanji. Il est donc pratique de les connaître !

LA MONNAIE JAPONAISE ¥

お金

Le yen 円 est la devise japonaise et son symbole est ¥.

Au Japon, la carte bleue est rarement utilisée pour les courses quotidiennes et bon nombre de points de vente ne l'acceptent pas. Il est donc impératif d'avoir toujours du liquide sur soi.

Billets et pièces japonais

La banque

On peut évidemment retirer de l'argent liquide dans toutes les banques japonaises, mais on trouve également des distributeurs de billets dans les nombreux « convenient stores » (épiceries ouvertes 24 h/24). Ils sont repérables au sigle « A T M ».

LES CHIFFRES 数字

Kanji	Hiragana	Romaji	Suji
一	いち	ichi	1
二	に	ni	2
三	さん	san	3
四	よん	yon	4
五	ご	go	5
六	ろく	Roku	6
七	なな	Nana	7
八	はち	Hachi	8
九	きゅう	kyu	9
十	じゅう	gyu	10
百	ひゃく	Hyaku	100
千	せん	Sen	1000
万	まん	Man	10000

Compter en japonais

En japonais, il ne suffit pas de savoir compter avec des chiffres ; il faut également apprendre les compteurs spécifiques, car ils sont différents pour chaque objet. Voici quelques exemples.

1 - Tsu つ, le basique à mettre après le chiffre : hitotsu 一つ signifie « 1 chose ».

2 - Mai 枚, pour les objets fins et plats comme les feuilles ou les timbres.

3 - Ji 時, pour les heures.

4 - Kai 階, pour les étages.

LES RÈGLES DE POLITESSE

Il existe au Japon des règles de politesse qu'il faut connaître afin d'éviter de commettre des impairs. Voici un petit guide des bonnes manières au pays du Soleil-Levant.

S'incliner pour se saluer

Il existe trois inclinaisons différentes (à 15, 30 et 45°) pour se saluer : plus on respecte son interlocuteur, plus on s'incline. Il ne faut surtout pas faire la bise pour dire bonjour !

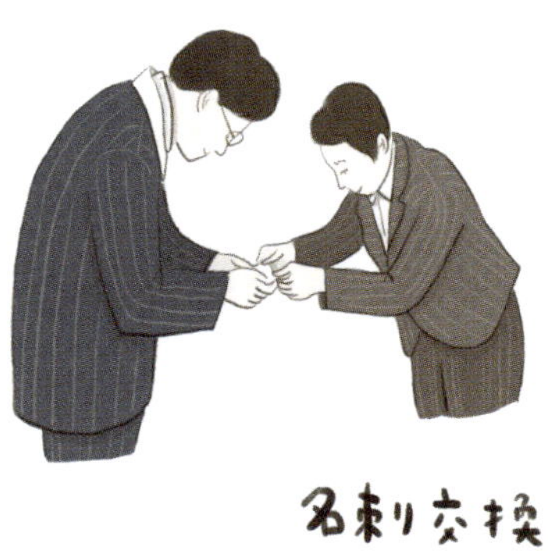

S'échanger des cartes de visite

Les meishi (cartes de visite) sont incontournables pour se présenter. Toujours présenter ou recevoir la carte avec les deux mains.

Ajouter des suffixes aux noms

On utilise le suffixe **-san** (さん) après le nom de famille (on utilise peu les prénoms au Japon) pour remplacer « monsieur » ou « madame ». Le suffixe **-chan** (ちゃん) est plus familier : on l'emploie pour les enfants ou les amis proches. Enfin, **-sama** (様) est le suffixe le plus honorifique.

Éviter le chiffre 4

Le kanji de ce chiffre, 四 (shi), se prononce de la même façon que le mot « mort ». C'est pourquoi la vaisselle est emballée par lots de cinq, la chambre 4 n'existe pas dans les hôtels ou les hôpitaux et il n'y a pas de quatrième étage dans les immeubles !

Être à l'heure

La ponctualité est cruciale au Japon, ne soyez donc pas en retard à vos rendez-vous !

Apporter un omiyage

Offrir un cadeau ou souvenir (omiyage) lorsqu'on est invité est ancré dans la culture nipponne. En revanche, on ne l'ouvre pas devant la personne qui l'a offert.

Se déchausser

On enlève ses chaussures et on enfile des pantoufles pour entrer à l'intérieur des maisons et dans certains restaurants.

LA POLITESSE À TABLE

お箸

Les choses à ne pas faire

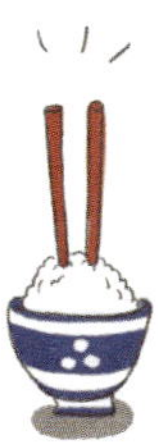

Planter les baguettes dans le bol de riz.

Planter ses baguettes dans la nourriture.

Se servir de ses propres baguettes pour piocher dans le plat de service.

Pointer les baguettes vers quelqu'un.

Bouger les plats en s'aidant de ses baguettes.

Mettre de la sauce dans son bol de riz.

Les choses que l'on peut faire

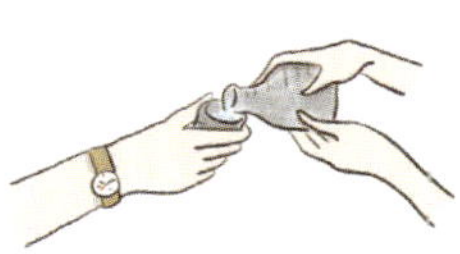

Servir les autres. On ne se sert pas d'alcool soi-même et on attend de trinquer (kanpai) avant de commencer à boire.

Soulever le bol de riz (mais pas les assiettes) pour le rapprocher de la bouche.

Faire du bruit en mangeant des nouilles.

違反 LES RÈGLES DE SAVOIR-VIVRE À RESPECTER

Dans la rue ou dans les commerces, il y a également des règles et des impairs à ne pas commettre.

Rire discrètement

Ne pas rire fort et mettre la main devant la bouche.

Se mettre en rang, attendre son tour

Sur les escalators, on se serre sur la gauche pour ne pas gêner et lorsqu'on attend le train, on fait la queue sur le quai, dans la zone délimitée par des lignes tracées à cet effet. On ne double pas !

Cacher ses tatouages

Les tatouages étant liés aux yakuza, l'entrée des espaces publics (bains, piscines, salles de sport...) est interdite aux personnes tatouées.

Ne pas donner de pourboire.

Ne jamais traverser au rouge

Attendre le feu vert même s'il n'y a aucune voiture à l'horizon.

Savoir être discret dans le métro

Il est interdit de crier, de parler fort ou de téléphoner dans les transports en commun.

Ne pas manger dans la rue ou dans le métro

Ne pas se moucher en public

Ne pas tousser trop fort en public

Ne pas s'embrasser ou se faire des câlins en public

Les Japonais étant très pudiques, les démonstrations d'affection en public peuvent choquer.

Ne pas fumer dans la rue

Il convient de fumer dans les zones réservées (indiquées sur les plans de quartier).

L'INTÉRIEUR JAPONAIS

Que ce soit dans une maison traditionnelle ou dans un appartement plus moderne, l'intérieur japonais a des spécificités bien nipponnes. Voici une petite visite guidée !

WASHITSU

部屋

Une pièce à tatami, washitsu, est presque toujours intégrée aux habitations japonaises, même modernes. Cette pièce sobre sert à la fois de lieu de vie la journée et de chambre la nuit. Ainsi, le soir venu, la table basse – qui est souvent le seul meuble de la pièce – est poussée pour installer les futon (matelas) qui se trouvent dans les grands placards.

Tokonoma
Il s'agit d'une petite alcôve surélevée située dans une pièce à tatami, décorée d'un kakémono (peinture ou calligraphie en rouleau) et éventuellement d'un ikebana (arrangement floral, voir p. 46).

Pièce à tatami le jour

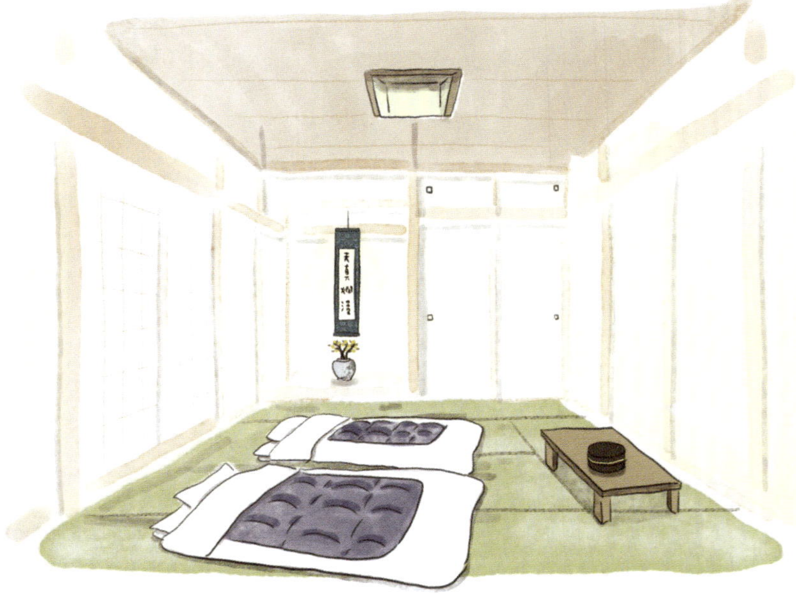

Pièce à tatami la nuit

L'entrée japonaise : le genkan

GENKAN 玄関

Le genkan est un vestibule où l'on se déchausse avant d'entrer. Il y a toujours une différence de niveau pour bien le séparer de la zone où les chaussures sont interdites. Détail qui a son importance : avant d'enfiler leurs pantoufles, les Japonais retournent leurs chaussures pour qu'elles soient dans le bon sens quand ils se rechausseront en partant !

2LDKのアパート

APPARTEMENT

Les appartements (apato) sont classés selon le « LDK ». Un « 2LDK » signifie qu'il y a deux pièces en plus du salon-salle à manger (living-dining) et de la cuisine (kitchen).

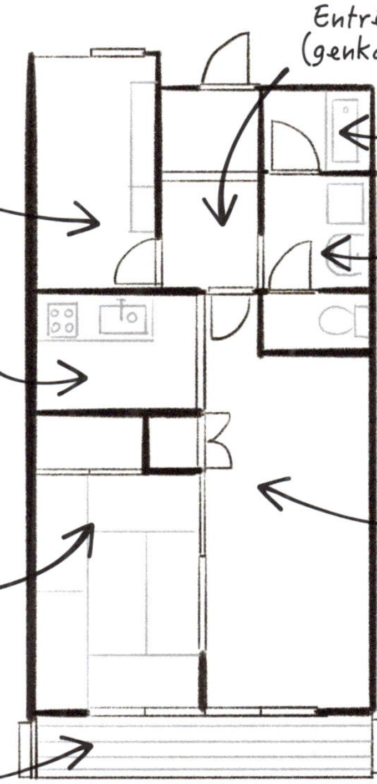

PLAN D'UN APPARTEMENT TYPIQUE

TROUVER SON CHEMIN

S'il y a un pays où il n'est pas aisé de trouver son chemin, c'est bien le Japon ! Heureusement, il existe de plus en plus de panneaux et de plans traduits avec l'alphabet latin et surtout, dans chaque quartier des grandes villes, un koban est là pour aider le passant à s'orienter.

交番

Koban, le poste de police

Ces petits postes de police de quartier sont nombreux (environ 6000 dans tout le Japon) et une de leur mission est d'aider le passant à localiser une adresse.
Les policiers -omawari san, en japonais- patrouillent à vélo pour veiller à la sécurité des habitants du secteur. Cette police de proximité au service des habitants est très appréciée par les japonais.

Pancarte signalant le koban

住所

Juusho, l'adresse

À part Kyoto et Sapporo, les villes japonaises n'ont pas de noms de rues. Sur les adresses sont donc précisés l'arrondissement, le quartier, le bloc et le numéro de bâtiment. Mais attention, le numéro 2 n'est pas forcément à côté du numéro 1 !

Plaque d'adresse à Tokyo

名刺

Meishi, la carte de visite

La plupart des magasins et restaurants ont des plans au dos de leur carte de visite pour permettre de se repérer facilement à partir de la station de métro la plus proche.

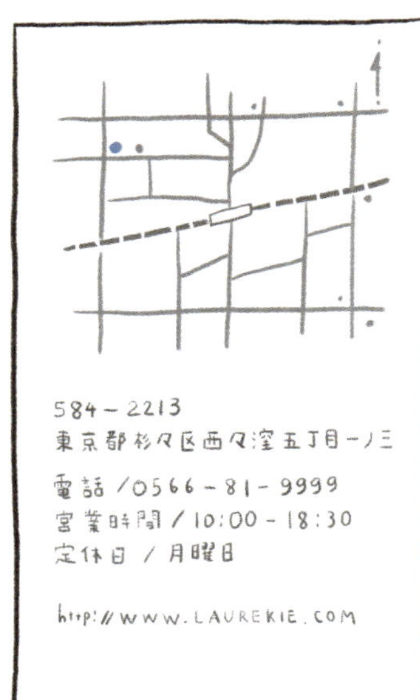

PRENDRE LE MÉTRO

地下鉄の乗り方

À Tokyo, le mode de transport le plus courant est le métro. Mais comment s'y retrouver dans ce dédale dont on a parfois du mal à comprendre l'organisation ?

Acheter son billet

Avant d'entrer dans le métro, il faut prendre un billet, dont le prix varie en fonction de la distance à parcourir. Au-dessus des guichets automatiques se trouve le plan du métro, sur lequel chaque ligne a sa propre couleur. Il suffit de trouver sa station de destination sur le plan pour savoir quel est le montant à payer. Pas de panique, si on ne trouve pas le prix à payer, on peut simplement acheter le ticket le moins cher et ajuster le montant à la sortie.

Le métro de la ligne Ginza

Les logos de Tokyo Metro (à gauche) et de Toei (à droite)

Le métro tokyoïte est principalement géré par deux compagnies privées, Tokyo Metro (9 lignes) et Toei (4 lignes), ce qui complique un peu les déplacements car en changeant de compagnie, on doit aussi changer de billet. Il existe également une compagnie ferroviaire, JR (Japan Railways), qui quadrille la ville avec différentes lignes, dont la célèbre Yamanote sen, qui forme un cercle dans Tokyo.

Panneau d'entrée d'une station desservie par deux compagnies différentes.

Il existe des cartes prépayées, comme la Suica, sur lesquelles les trajets sont débités directement, ce qui permet un énorme gain de temps !

PRENDRE LE TRAIN

Le Japon possède l'un des réseaux ferroviaires les plus denses au monde et le train est sans aucun doute le moyen de transport le plus sûr, le plus ponctuel et le plus agréable qui soit. Presque tout le territoire est desservi par une ligne ferroviaire et outre les fameux Shinkansen — trains à grande vitesse —, il existe une multitude de petites lignes, parfois très folkloriques, qui sont une véritable attraction pour beaucoup de Japonais.

Shinkansen

Le Shinkansen est le train à grande vitesse japonais et l'une des réussites technologiques du Japon d'après-guerre. Il est particulièrement reconnu pour sa fiabilité (aucun incident majeur depuis sa mise en fonctionnement en 1964), mais aussi pour sa ponctualité (moins de 1 % de retards et de seulement 30 secondes en moyenne !) ou encore son confort (les larges sièges peuvent se tourner dans le sens de la marche) et sa propreté.

Japan Railways (JR) détient la majeure partie du réseau ferré japonais, mais il existe de nombreuses autres compagnies privées : Tobu, Odakyu, Keisei...

Ekiben

駅弁
Ekiben

Le mot « ekiben » est composé des mots « eki », qui signifie « gare », et « bento », les boîtes-repas à emporter. Au Japon, vous trouverez des marchands d'ekiben dans la plupart des gares et chaque localité a sa spécialité. Petit tour du Japon de ces merveilles en boîte !

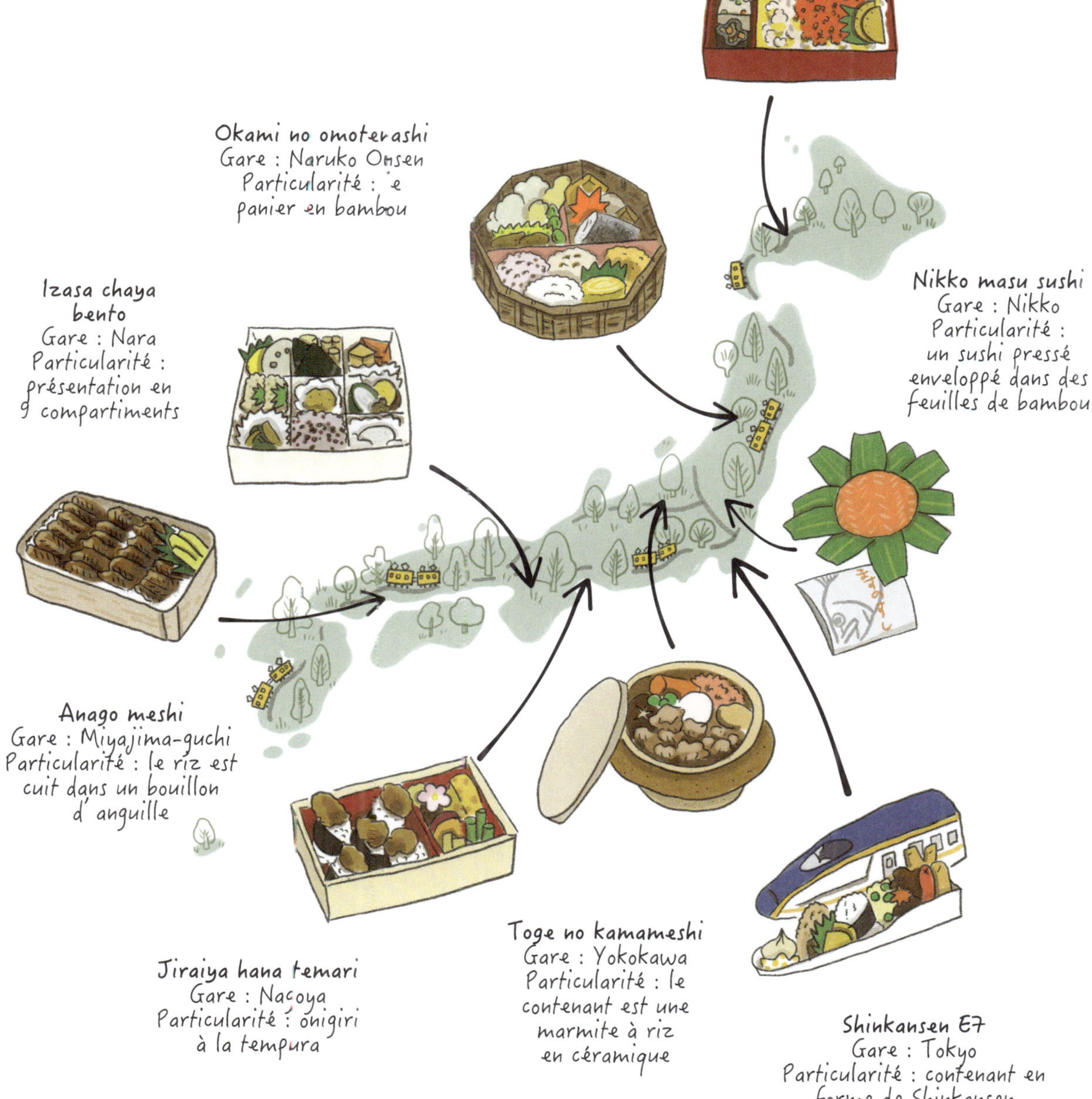

LE VÉLO

Le vélo est un moyen de déplacement très utilisé au Japon pour les petits trajets. Dans les grandes villes, beaucoup de personnes ne possèdent pas de voiture et comme il est interdit de se garer dans la rue, il est souvent plus facile et plus rapide de prendre son vélo. Pour de plus longs trajets, on s'en sert aussi souvent pour rejoindre la gare la plus proche.

自転車

Jidensha, le vélo

Avec plus de 70 millions de vélos en circulation au Japon, les règles pour se garer sont très strictes et l'immatriculation des deux-roues est obligatoire. Attention, les vélos circulent principalement sur les trottoirs et pas sur les routes... gare aux piétons !

LA VOITURE 自動車

Le Japon est un grand pays de l'automobile dont les principales grandes marques (Toyota, Honda, Nissan...) sont vendues dans le monde entier. Cependant, toute personne possédant une voiture a l'obligation de disposer d'une place de parking, ce qui limite considérablement le parc automobile, surtout dans les grandes villes.

Le **kei car**, une voiture typiquement japonaise

Kei car

Les kei cars sont des petites voitures uniquement vendues sur le marché japonais. Ces sortes de minivans compacts à la couleur pastel kawaii (« mignonne ») sont devenus le symbole de l'automobile nipponne. On voit parfois ces voitures pratiques et ne prenant que peu de place garées dans des lieux insolites.

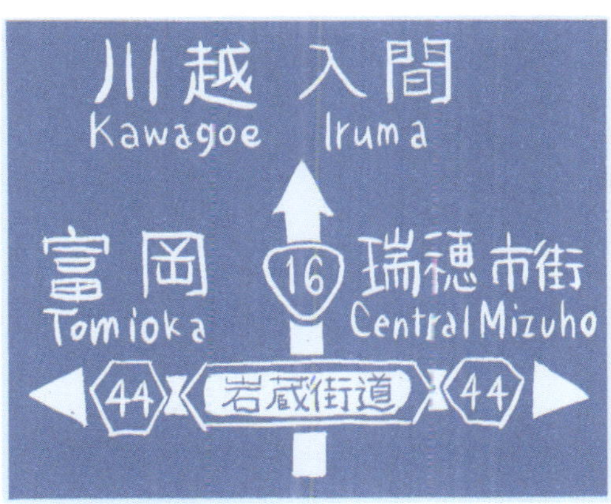

プラカード

Au Japon, la conduite se fait à gauche, comme en Grande-Bretagne, et la vitesse est limitée à 100 km/h sur les autoroutes. Les panneaux de circulation sont maintenant tous écrits en romaji (alphabet latin), ce qui facilite fortement la conduite.

FAIRE SES COURSES

Que ce soit dans les supermarchés, les sous-sols des grands magasins ou les marchés traditionnels, faire ses courses au Japon est un bon moyen de comprendre les habitudes alimentaires locales. La visite du rayon poissonnerie d'un grand magasin quelques minutes avant la fermeture vaut le détour !

Depachika デパ地下

Les grands magasins sont de véritables institutions au Japon : Isetan, Mitsukoshi, Takashimaya, Daimaru... Les grandes villes japonaises regorgent de ces temples de la consommation. Leurs sous-sols, entièrement dédiés aux gourmets, cachent de véritables trésors culinaires. On découvre en descendant les escalators des halles immenses et très animées offrant le meilleur de la gastronomie japonaise.

SUPERMARCHÉS : COMMENT ÇA MARCHE ?

スーパー

Les supermarchés, dont le nom se prononce « supamarketto » en japonais, sont les lieux les plus communs pour faire ses courses alimentaires. Souvent plus petits que ceux que nous pouvons trouver en France, ils sont en revanche ouverts plus tard (en général jusqu'à minuit) et se trouvent non loin des gares, sur le chemin du retour à la maison.

LES ÉTAPES À LA CAISSE

1. Donnez votre panier rempli au caissier (ne sortez pas les articles du panier).
2. Le caissier transfère les articles du panier à un autre après les avoir scannés.
3. Réglez vos achats et récupérez votre panier, dans lequel on aura mis des sacs en plastique en quantité adaptée au volume de vos courses.
4. Dirigez-vous vers les tables prévues pour emballer vos courses (on n'emballe jamais ses courses directement à la caisse).

LES ENSEIGNES

Les villes japonaises regorgent d'enseignes en tout genre : enseignes lumineuses, publicités, panneaux, écrans... L'espace visuel peut parfois être saturé.

看板

Des commerces et restaurants peuvent se situer aux étages des immeubles. Il est donc utile de lever la tête pour découvrir des lieux qui n'ont pas pignon sur rue. Pour contempler les enseignes les plus impressionnantes du Japon, je vous conseille de faire un tour dans le quartier de Dotonbori à Osaka. Pieuvres géantes, gyoza démesurés, fugu tels des montgolfières... on pourrait se croire dans des jeux vidéo géants !

QUELQUES EXEMPLES D'ENSEIGNES DE LA VIE QUOTIDIENNE AU JAPON

ポスト

〒

La poste
Le logo de la poste est un « T » rouge à deux barres horizontales ; il est également utilisé comme symbole du code postal. Les boîtes aux lettres sont du même rouge.

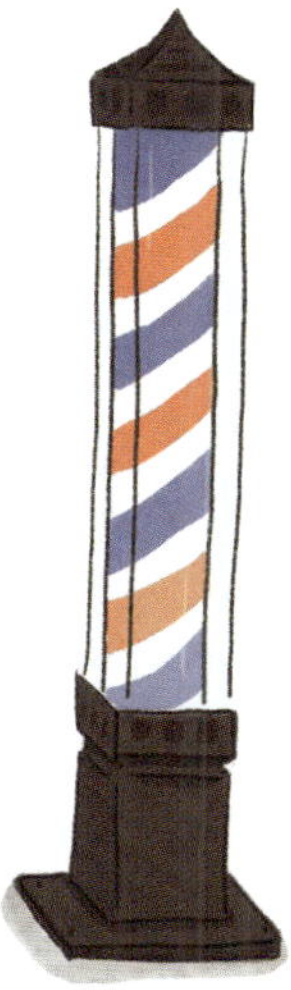

散髪屋

Le coiffeur
Les salons de coiffure ont cette signalétique devant leur porte. Il s'agit d'un tube tricolore, souvent lumineux, qui tourne lorsque le salon est ouvert.

ATM, le distributeur de billets
Pour retirer de l'argent en dehors des banques, il suffit de se rendre à la poste ou dans l'une des nombreuses supérettes, les konbini, où se trouvent des distributeurs de billets, appelés « ATM ».

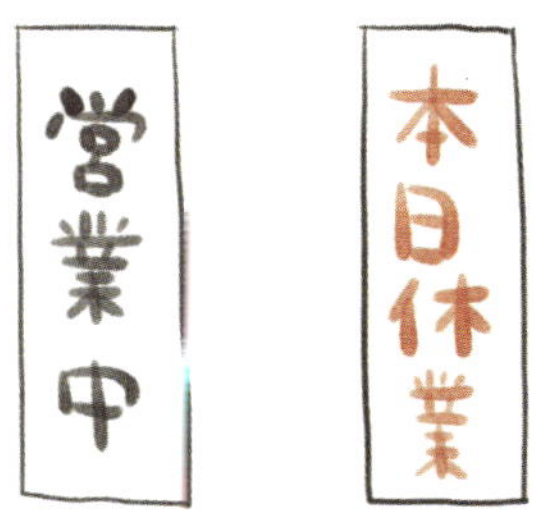

Ouvert Fermé

Les magasins ont souvent une petite pancarte en bois sur la porte avec au recto la mention « ouvert » et au verso, la mention « fermé ».

Chôchin, la lanterne
Cette lanterne en papier indique bien souvent la présence d'un restaurant. De couleur rouge, elle signale généralement un izakaya.

Sugidama, l'annonce du saké nouveau
Cette boule de feuilles de cèdre du Japon (sugi) annonce, dans les brasseries, l'arrivée du nouveau saké. Aujourd'hui, la plupart des marchands de saké ou des bars à saké la suspendent à l'entrée de leur magasin.

BAIN ET SENTO

Il suffit de se promener dans n'importe quelle région japonaise pour s'apercevoir que le pays est gorgé d'eau et possède, dans son sous-sol, de nombreuses sources chaudes issues de l'activité volcanique. Ces caractéristiques géographiques et géologiques ont sans doute contribué à l'amour des Japonais pour la tradition
du bain. Que ce soit chez eux, au sento public ou dans les sources thermales, le bain constitue un moment de détente privilégié qui fait partie intégrante du mode de vie japonais.

OFURO, LA SALLE DE BAINS お風呂

Dans tous les intérieurs japonais, la salle de bains est décomposée en deux pièces distinctes. Il y a d'une part la salle d'eau, où se trouve le lavabo (et éventuellement le lave-linge), et d'autre part la salle dédiée au bain. Cette dernière peut être entièrement mouillée et on y trouve, à côté du bain, une petite douche avec un tabouret et un bac qui servent à se laver avant d'entrer dans le bain.

SENTO, LE BAIN PUBLIC 銭湯

Très répandus avant la seconde guerre mondiale, les sento voient leur nombre sensiblement diminuer aujourd'hui. Il existe encore malgré tout des bains publics dans les quartiers populaires car, d'une part, les petits logements sont parfois dépourvus de salle de bains, mais aussi parce que c'est une tradition agréable et un lieu de socialisation important.
On reconnaît les sento grâce à leur longue cheminée d'où s'échappe de la vapeur d'eau. À l'intérieur, ces bains fonctionnent comme les onsen (voir p. 131), mais attention à entrer au bon endroit ! En effet, des rideaux courts (noren) indiquent s'il s'agit de bains pour les hommes ou pour les femmes.

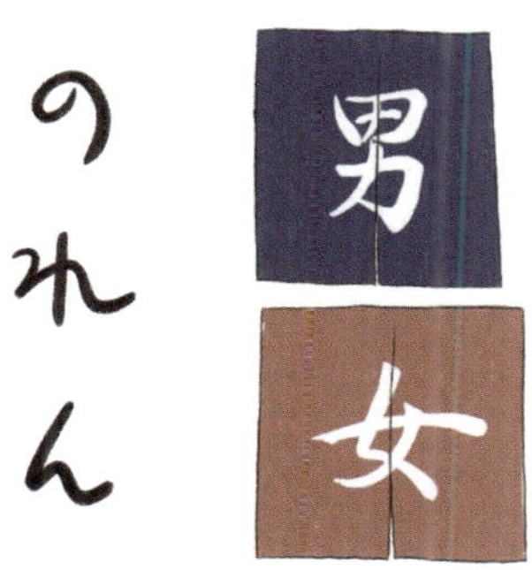

Noren à l'entrée des sento : en bleu, celui des hommes et en rouge, celui des femmes.

Mont Fuji

Une des particularités des sento (notamment dans la région de Tokyo) est la présence d'une grande peinture représentant une vue du mont Fuji sur un des murs, souvent au-dessus du bain principal.

LES TOILETTES

Concentré de technologie, les toilettes japonaises high-tech peuvent se révéler un casse-tête pour le visiteur qui s'y rend pour la première fois. Pour vous épargner quelques déconvenues, voici une petite explication sur les fameuses toilettes japonaises, au fonctionnement complexe, mais dont on a du mal à se passer une fois qu'on les a essayées...

トイレ

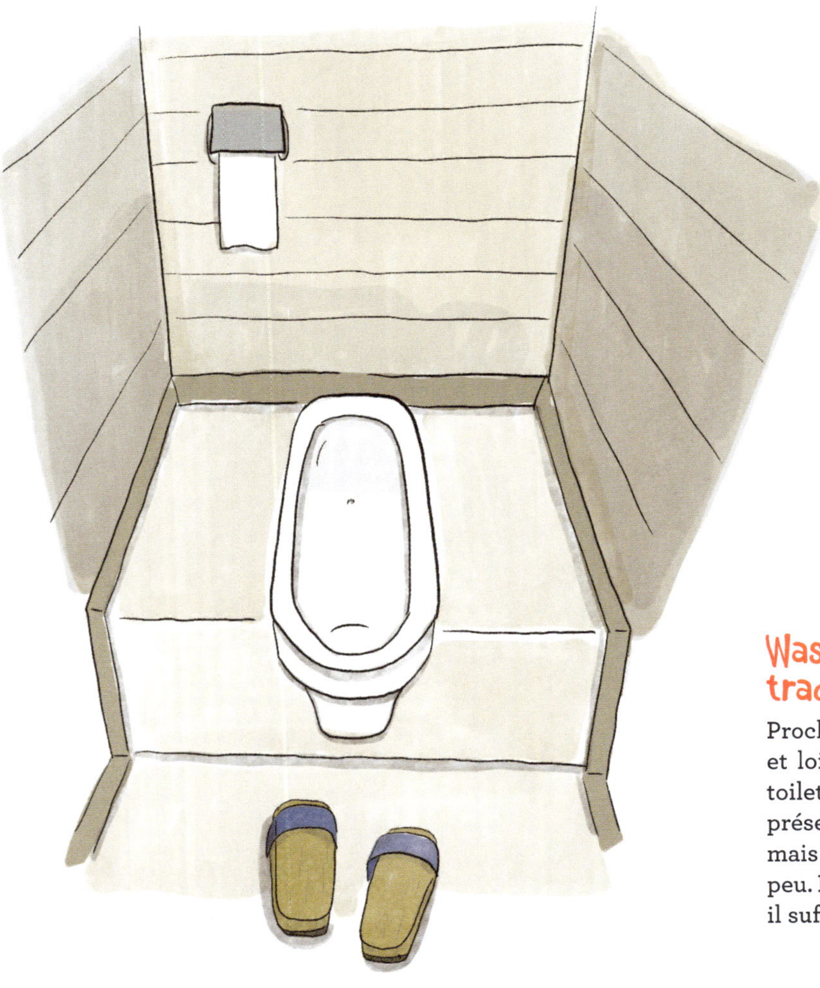

Pantoufles pour les toilettes
Attention, dans les toilettes, vous devez changer de pantoufles ! Des pantoufles spéciales, en bois ou en plastique, sont disponibles à l'entrée des toilettes.

Washiki, les toilettes traditionnelles

Proches des toilettes à la turque et loin des versions high-tech, ces toilettes rustiques sont encore bien présentes dans les lieux publics, mais tendent à disparaître peu à peu. Leur utilisation est très simple : il suffit de s'accroupir face au mur !

Washlet, les toilettes high-tech

Ces toilettes sophistiquées nécessitent quant à elles quelques explications car elles offrent de nombreuses fonctionnalités, dont une lunette chauffante qui est la bienvenue dans cette pièce rarement chauffée dans les maisons japonaises.

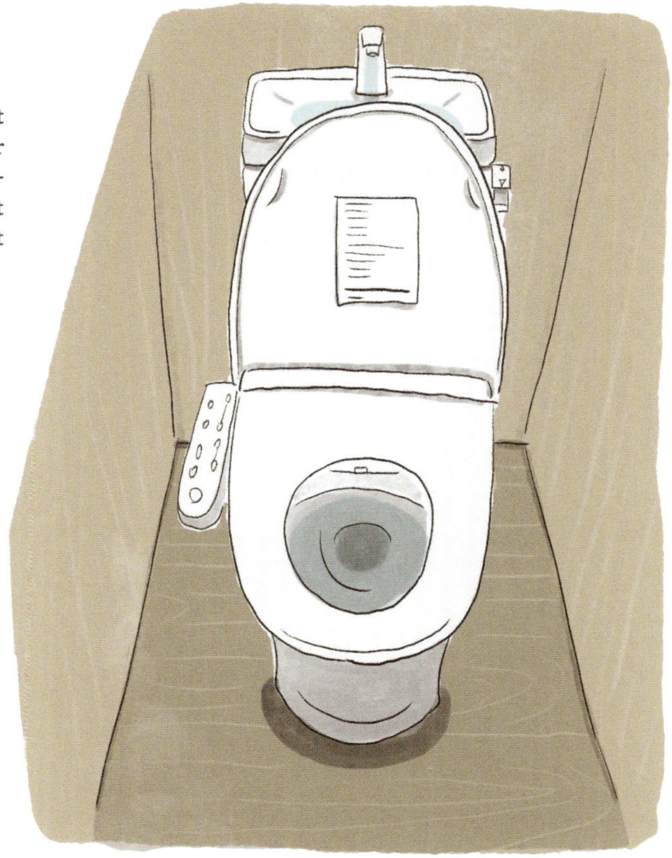

Certains WC ont également un minilavabo en guise de couvercle du réservoir de la chasse d'eau. Cela permet de se laver les mains avec l'eau propre de la chasse d'eau. Cela paraît tellement simple que je me demande toujours pourquoi cette idée ne s'est pas exportée !

MODE D'EMPLOI

Ces toilettes ont un petit panneau de commande de différentes fonctions disposé sur le côté, attaché au WC, ou accroché au mur. Voici quelques explications qui peuvent se révéler très utiles.

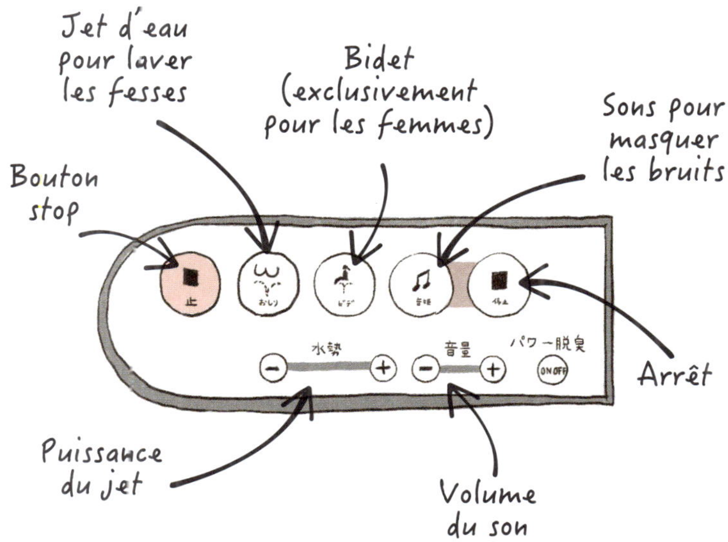

L'OMIYAGE

La tradition des cadeaux est fortement ancrée dans la culture japonaise. L'omiyage お土産, un « souvenir à offrir », est originellement un produit, principalement alimentaire, provenant de la région que l'on a visitée. Il s'agit d'une importante coutume entre collègues, membres de la famille ou amis, qu'il est impossible de négliger.

« Omiyage » signifie littéralement « produit de la terre ». C'est donc bien de nourriture dont il est question : gâteaux, biscuits, produits de la mer, fruits et autres spécialités régionales sont rapportés de voyage. Les gares et aéroports sont les lieux les plus propices pour acheter son omiyage.

お土産

L'emballage

Si le contenu est important, l'emballage l'est sans doute encore plus. Le cadeau n'est jamais déballé en présence de la personne qui l'a offert. L'apparence est donc primordiale et les fabricants rivalisent de créativité en matière de packaging : emballages en papier, en tissu, en métal... Certains peuvent prendre un aspect insolite, comme ces cadeaux emballés dans une coque en forme de Shinkansen, le train à grande vitesse.

おみやげ

Emballer un cadeau en 5 étapes

1 Posez l'objet à emballer en diagonale vers le coin le plus proche de vous et rabattez le coin sur le cadeau.

2 Rabattez le coin de gauche.

3 Retournez la boîte.

4 Rabattez les deux autres coins et maintenez le tout avec un bout de ruban adhésif.

5 Posez le paquet sur une bande de papier à motif, puis rabattez les deux extrémités de la bande sur le paquet. Nouez une ficelle autour de la bande.

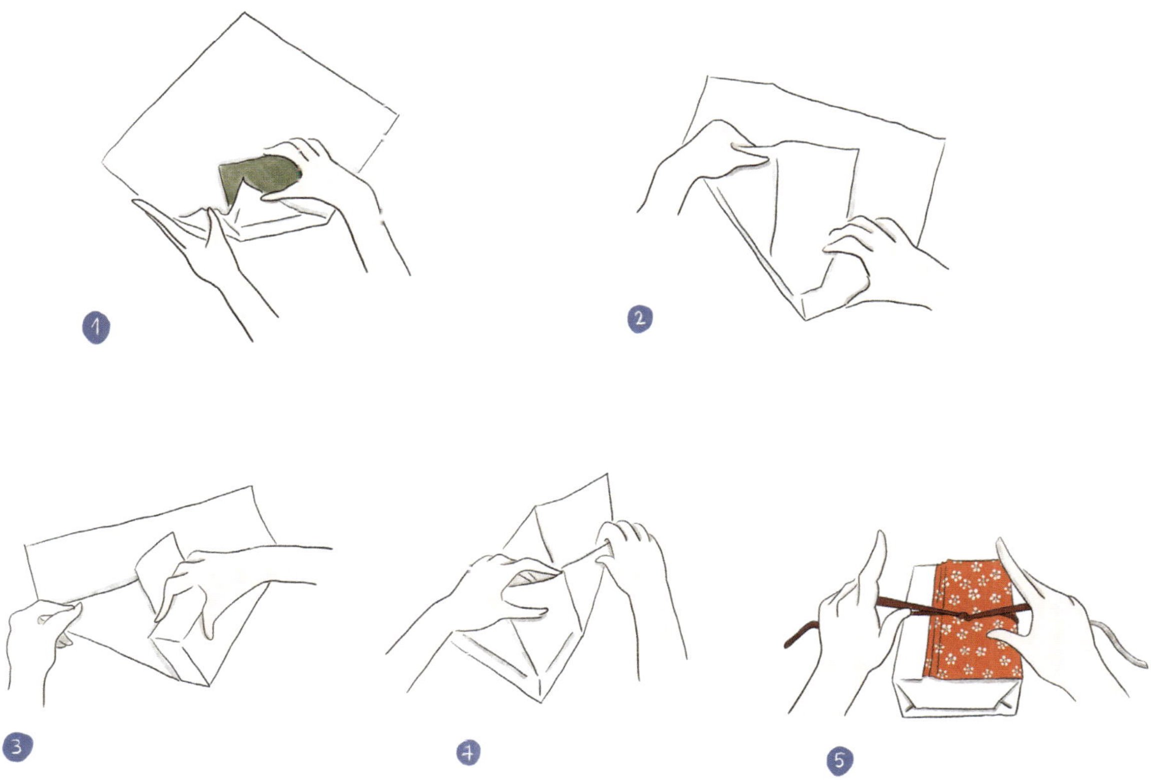

KARAOKÉ ET PACHINKO

Le soir venu, les enseignes lumineuses illuminent les villes japonaises. Si les restaurants sont les commerces les plus représentés, il existe aussi de nombreux lieux récréatifs, dont les fameux karaoké et les pachinko, typiques et incontournables de la vie nocturne nippone.

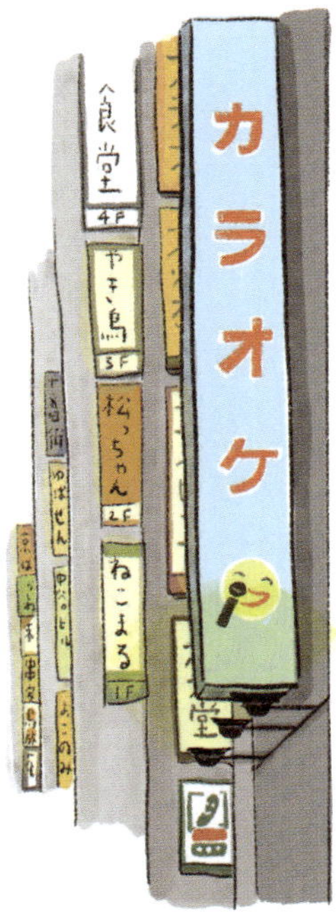

KARAOKÉ カラオケ

Les Japonais peuvent passer la nuit entière à chanter au karaoké. Pudeur oblige, ici, on ne chante pas devant tout le monde, mais dans des « box », des salles privées où l'on se retrouve seulement entre amis ou collègues. Les chaînes de karaoké sont nombreuses à travers le Japon. On y loue une salle pour quelques heures ; on peut y boire des verres et même parfois y manger.

Enseigne d'un karaoké
La plupart des karaoké se trouvent à l'étage des immeubles et sont repérables à leur enseigne lumineuse, qui indique leur présence et l'étage auquel ils se trouvent.

PACHINKO パチンコ

Entrer dans un pachinko est une expérience saisissante ! Cette salle de jeux, entre flippers et machines à sous, offre un univers unique : musique ultraforte, bruit incessant de billes qui tombent, couleurs criardes des animations visuelles ou encore nuages de fumée de cigarette.
Bien que le premier pachinko soit apparu avant la seconde guerre mondiale, ces lieux sont encore immensément populaires. C'est une industrie en grande partie tenue par la mafia et qui génère un chiffre d'affaires qui en fait une des activités de loisirs les plus rentables.

Les règles

Le pachinko est un jeu dont les règles sont ultrasimples : il suffit d'introduire des billes dans le panneau vertical devant lequel on est assis afin de les faire tomber dans un des trous gagnants. La seule chose sur laquelle on peut intervenir est la vitesse des billes, que l'on contrôle grâce à une manette.

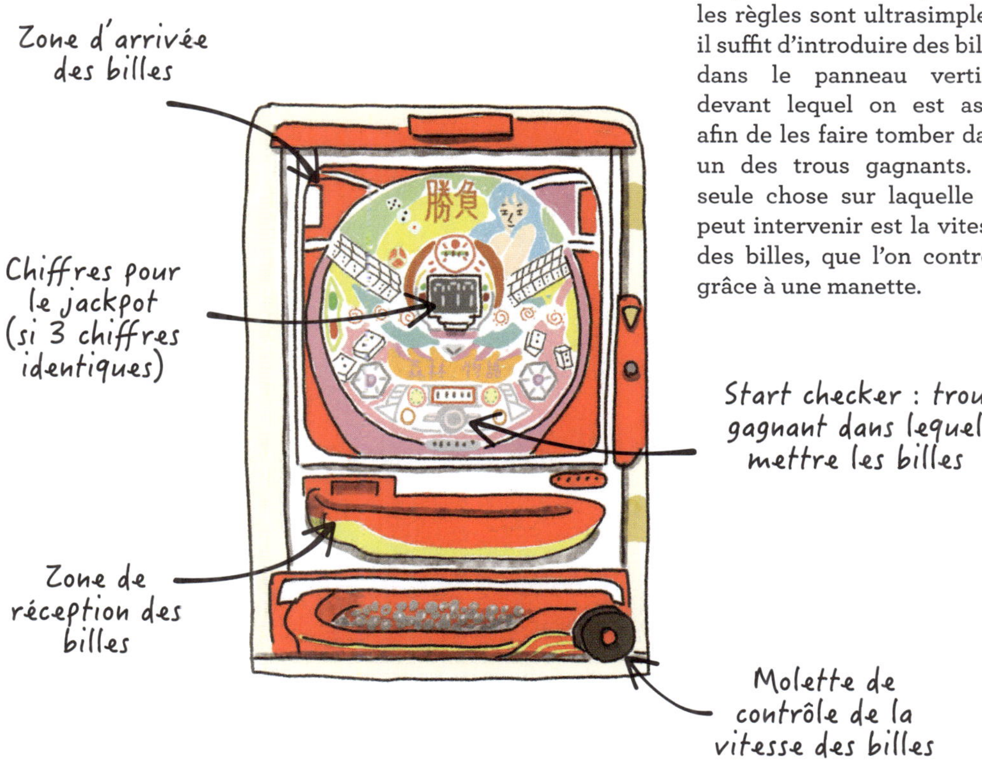

L'objectif est de gagner le plus de billes possible. Les billes sont entreposées dans des bacs rouges que l'on échange ensuite contre de la marchandise dans un magasin prévu à cet effet.

伝統芸術

LA CULTURE ET LES ARTS

La culture japonaise, réputée pour sa grande richesse, a su assimiler tout au long de son histoire différentes influences, de Chine notamment, pour revêtir un caractère très spécifique, à la fois profond, raffiné et élégant. Le passé et le futur se côtoient dans un présent vivant et hybride, entre tradition et modernité, qui fait aussi du Japon un voyage dans le temps. Bien que diversifiés, la culture et les arts traditionnels japonais ont souvent en commun le développement d'une forme très codifiée mettant l'accent sur le plus infime détail afin d'exalter l'attention.

巾着

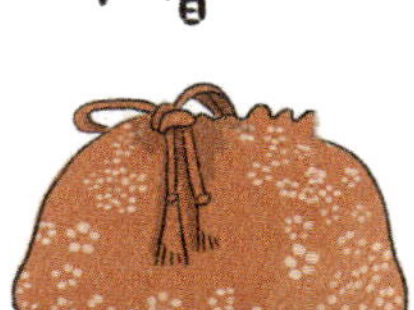

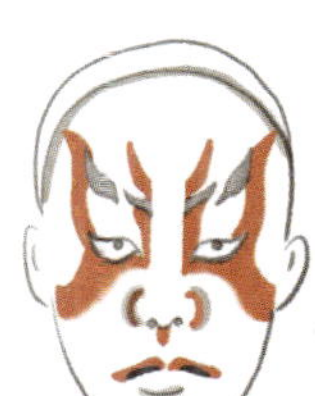

金継ぎ

LE KIMONO 着物

Le kimono est littéralement « ce que l'on porte sur soi ». Le terme désigne aujourd'hui l'habit traditionnel, généralement en soie, que l'on revêt pour des occasions spécifiques.

De nos jours, s'il n'est que très rarement porté au quotidien (à part dans le cadre de certains métiers liés à la tradition), il est fréquemment revêtu lors de fêtes, cérémonies ou événements culturels. Le choix du kimono selon l'événement est très symbolique, car il porte un message spécifique.

LES ACCESSOIRES

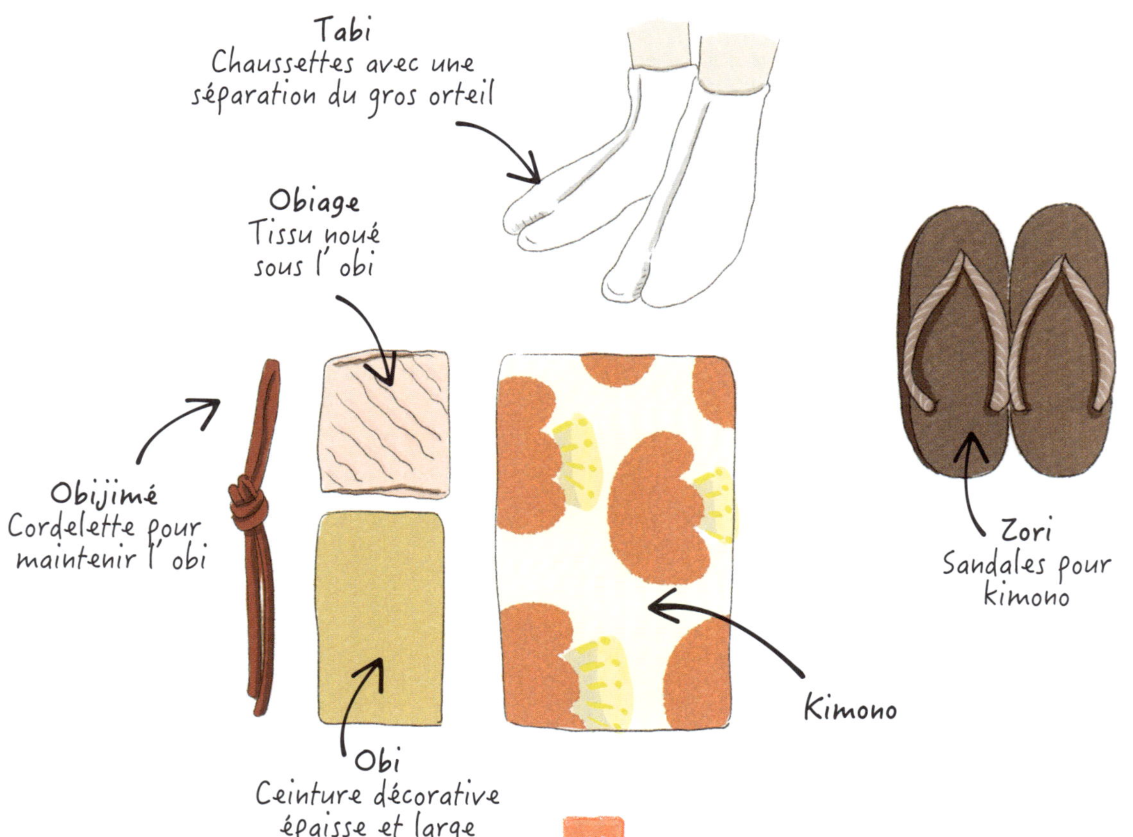

LE YUKATA

Ce « kimono » d'été est en coton léger pour affronter les grosses chaleurs estivales. Il a l'avantage d'être bien plus facile à porter.

Comment s'habiller en yukata ?

1. Ajustez la longueur du yukata en maintenant chaque côté afin que le bas soit au niveau des chevilles.

2. Amenez le côté droit du yukata sur la hanche gauche.

3. Rabattez le côté gauche du yukata sur la hanche droite et nouez la ceinture.

4. Passez les mains dans les trous au niveau des aisselles et ajustez la partie qui revient au-dessus de la ceinture afin de lisser les plis.

5. Tirez légèrement le tissu dans le dos pour laisser un peu d'espace entre le cou et le col.

6. Nouez une deuxième ceinture juste en dessous de la poitrine.

茶道 LA CÉRÉMONIE DU THÉ

La cérémonie du thé japonaise est un art traditionnel. C'est Sen Rikyu qui, au XVIe siècle, a transformé la cérémonie du thé en un véritable art, appelé « chado ». La cérémonie est généralement donnée dans une pièce à tatami spécifique ; les convives (au maximum cinq) sont assis en seiza (à genoux sur les talons). La cérémonie peut durer plusieurs heures, souvent en silence. Elle est une forme de méditation et de partage exprimant les quatre grands principes suivants :

« **Wa** », l'harmonie
« **Kei** », le respect
« **Sei** », la pureté
« **Jaku** », la tranquillité

On transfère la poudre de thé de la boîte, le natsume, vers le bol, le chawan, à l'aide d'une cuillère spéciale, le chashaku.

On verse l'eau chaude du pot, le kama, vers le bol, en utilisant une longue louche en bambou, le hishaku.

On mélange avec un petit fouet en bambou, le chasen, qui permet des gestes rapides et précis.

Le thé est prêt, il se présente avec une belle texture verte un peu moussante. Le bol est ainsi présenté à l'invité d'honneur.

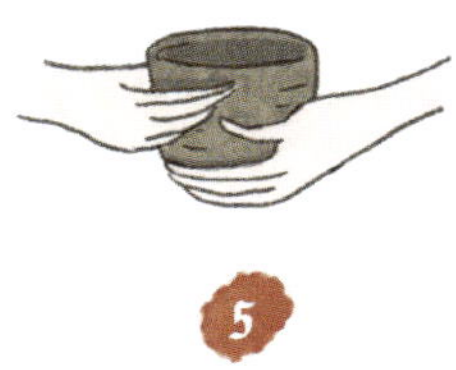

Ce dernier reçoit le bol dans la main droite et le place sur la paume de la main gauche.

Il tourne le bol dans la main gauche à l'aide de la main droite, 2 ou 3 fois dans le sens des aiguilles d'une montre.

Il boit alors le thé en deux gorgées et demie, en aspirant bien la dernière goutte avant de poser le bol en face de lui.

L'IKEBANA 盛り花

La « voie des fleurs », l'ikebana, est un art de la composition florale qui s'est notamment développé avec la cérémonie du thé. Le perfectionnement de cet art au XVIe siècle a entraîné la création de diverses écoles et différents styles, dont certains sont très modernes.

L'ikebana s'articule autour de trois axes : le ciel (1), l'humain (2) et la terre (3). La composition met harmonieusement en valeur les fleurs en jouant sur trois éléments : l'espace, la profondeur et l'asymétrie.

Nageirebana
Présentées dans des vases hauts, ces compositions sont les plus traditionnelles.

Moribana
Ces arrangements horizontaux présentés dans des plats plutôt que des vases hauts sont plus récents et ont une touche plus moderne.

LES ACCESSOIRES INDISPENSABLES

Hasami,
le sécateur : il en existe de différentes formes, pour tailler les branches ou les tiges.

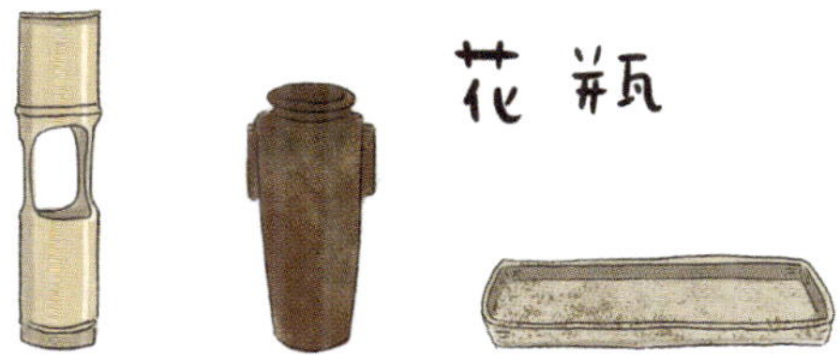

Kabin, le vase : qu'il soit en bambou ou en céramique, horizontal ou vertical, son choix est essentiel pour mettre en valeur l'arrangement floral.

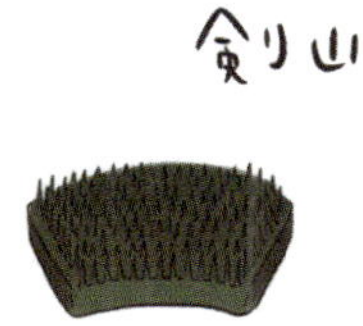

Kenzan,
le pique-fleurs : placé au fond du vase, c'est un outil indispensable pour maintenir les tiges selon l'orientation souhaitée.

L'ikebana en pas à pas

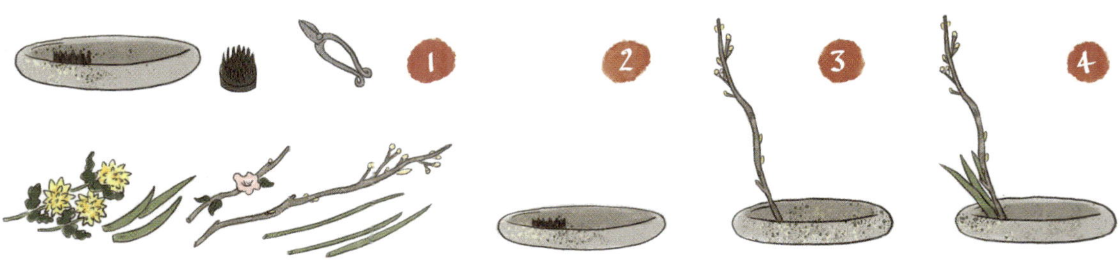

1 Préparez le matériel : vase, kenzan, sécateur, branches, tiges, fleurs…

2 Disposez le kenzan dans le plat.

3 Piquez la plus haute tige (le ciel).

4 Disposez les tiges de longueur intermédiaire (l'humain).

5 Complétez avec les fleurs de longueur intermédiaire.

6 Disposez les éléments les plus courts (la terre).

LA GEISHA 女芸者

Symbole à la fois de raffinement et de la condition de la femme japonaise, la geisha est avant tout une artiste et dame de compagnie, spécialiste des arts traditionnels japonais, qui divertit des clients lors de spectacles ou de dîners.

« Geisha » signifie littéralement « personne pratiquant les arts ». La maîtrise de l'art des geisha, dans lequel tout est entièrement codifié (maquillage, coiffure, habits, attitudes...), est donc essentielle. L'apprentissage débute vers 18 ans et se fait dans des écoles traditionnelles spécialisées, situées pour la plupart à Kyoto.

Les maiko

Les apprenties geisha sont reconnaissables à leur coiffure plus accessoirisée, à leur maquillage et à la façon dont est noué leur obi (ceinture). Un nœud avec une longue traîne signifie qu'il s'agit d'une maiko, alors qu'une geisha porte un nœud court.

巾着

Kinchaku : ce petit sac en tissu et en bambou tressé est l'accessoire traditionnel qui accompagne les geisha dans leurs sorties.

三味線

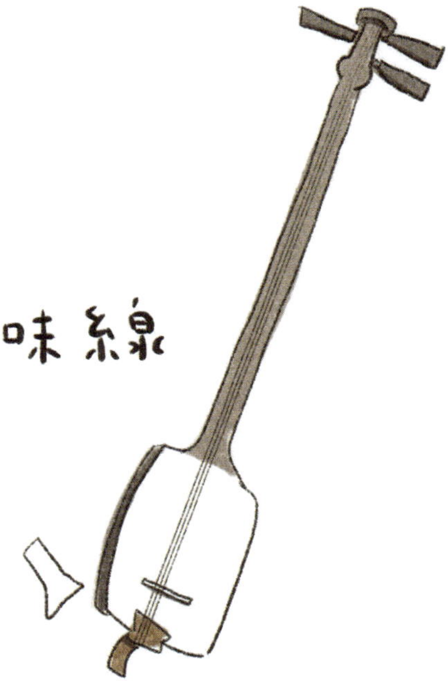

Shamisen : ce luth à trois cordes est l'instrument de prédilection des geisha. Il est également utilisé dans le théâtre nô ou pour accompagner les chants et poèmes traditionnels.

下駄

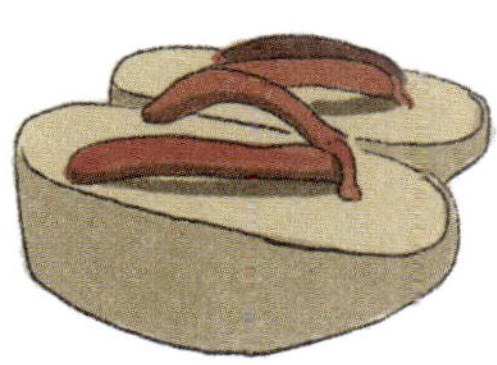

Okobo : ces sandales en bois à plateforme sont surtout portées par les maiko. Lors de leurs sorties furtives dans les ruelles du quartier de Gion, à Kyoto, on les entend, avant même de les apercevoir, trottiner avec le bruit caractéristique du bois qui frappe les pavés.

CÉRAMIQUE ET LAQUE

Le soin apporté à l'esthétique fait partie de la culture japonaise et les objets du quotidien, notamment la vaisselle, ne dérogent pas à la règle. Principalement en céramique, la vaisselle japonaise peut également être en bois, en bambou ou en fonte, chaque objet ayant sa propre dénomination et son utilité spécifique.

小皿・豆皿

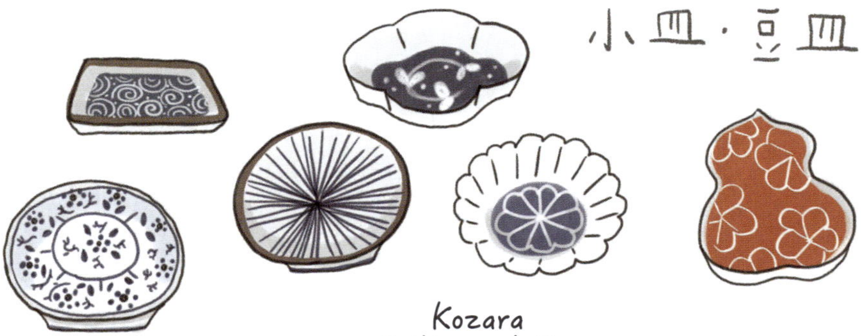

Kozara
Petites assiettes

蕎麦猪口

Soba choko
Coupelle à sauce soba

湯のみ

Yunomi
Tasse à thé

Kyusu
Théière

Hirazara 平さら
Assiette rectangulaire

茶碗

Chawan
Bol à riz

Kintsugi
La particularité esthétique de cette technique de réparation de céramiques cassées, dont le nom signifie littéralement « jointure en or », réside dans la beauté de l'imperfection et de l'asymétrie.

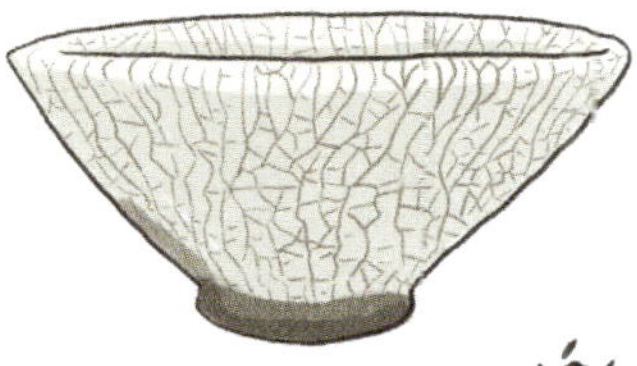

Raku
Il existe de très nombreux styles de céramique, issus de régions, d'époques et de techniques différentes. Dans la poterie traditionnelle, un des styles les plus connus est le raku ; ces poteries faites de craquelures sont destinées à la cérémonie du thé.

URUSHI, LA LAQUE

La laque, appelée « urushi » au Japon, est une résine issue de la sève de l'arbre à laque. Elle est teintée et appliquée sur des objets en bois ou en terre pour les protéger, notamment de l'humidité, et les décorer.

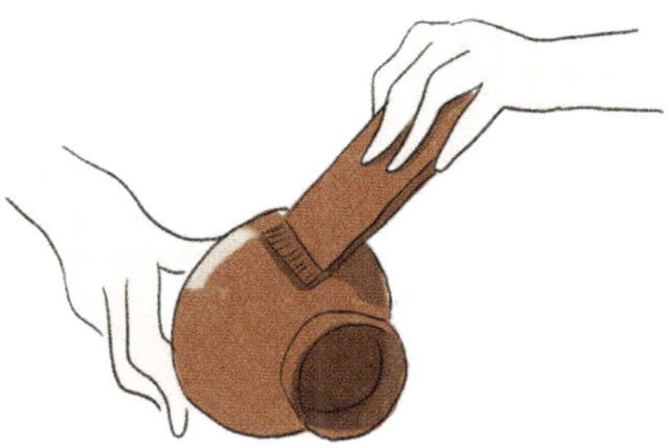

Technique d'application de la laque

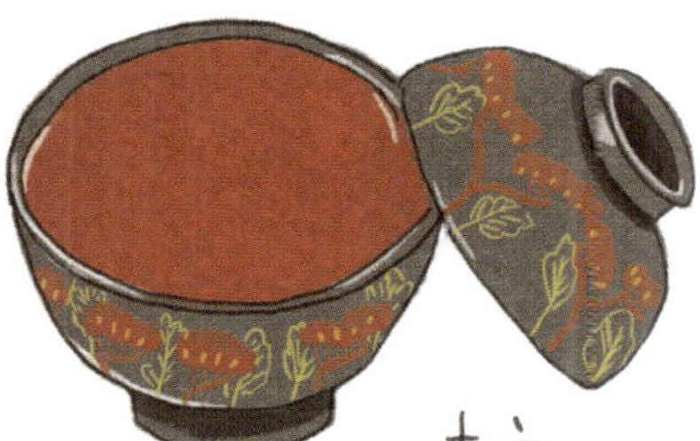

Wan
Bol à soupe

Traditionnellement, on utilisait surtout des pigments rouges et noirs, puis sont venus le jaune, le vert et le marron. Grâce à ses propriétés protectrices et décoratives, la laque est utilisée pour de nombreux ustensiles de cuisine. Un objet en laque présente aussi l'avantage de protéger les aliments et de les isoler de la chaleur.

相撲

LE SUMO

Ce sport traditionnel est quasi sacré au Japon et les lutteurs de sumo peuvent accéder au rang de demi-dieu ! Il est de ce fait très ritualisé. Voici un petit décodage de ce sport exclusivement pratiqué au pays du Soleil-Levant.

La règle

Le sumo consiste à faire sortir son adversaire du cercle (le dohyô) ou à lui faire toucher le sol avec une partie de son corps autre que les jambes. Les corps se heurtent car il s'agit d'une lutte, mais dans le sumo, la stratégie consiste souvent à utiliser le poids de l'adversaire pour le faire perdre.

Ryogoku, un quartier de l'Est de Tokyo, est le domaine des rikishi. C'est à cet endroit de la capitale que se concentrent la plupart des écuries et que les grands tournois prennent place, dans le célèbre stade Kokugikan.

Rikishi

Signifiant littéralement « homme fort », « rikishi » est le nom donné au lutteur de sumo. Ce dernier, pour arriver au sommet de son art et faire le poids dans les tournois, doit se soumettre à un entraînement harassant et à un régime alimentaire strict. Le meilleur rikishi accédera au rang suprême, celui de yokozuna.

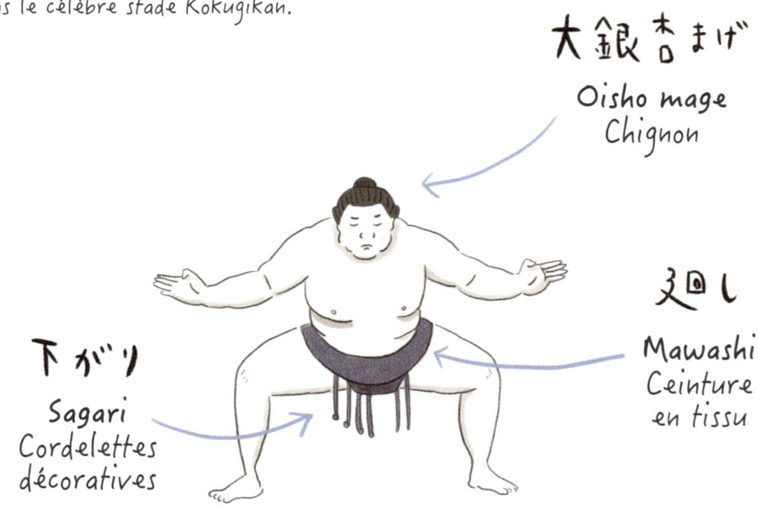

四股

Shiko

Avant de commencer un combat, les lutteurs pratiquent un rituel appelé shiko, qui consiste à chasser les esprits en levant la jambe très haut afin de taper le sol avec son pied.

LES 4 PRINCIPALES TECHNIQUES DE COMBAT

寄り切り

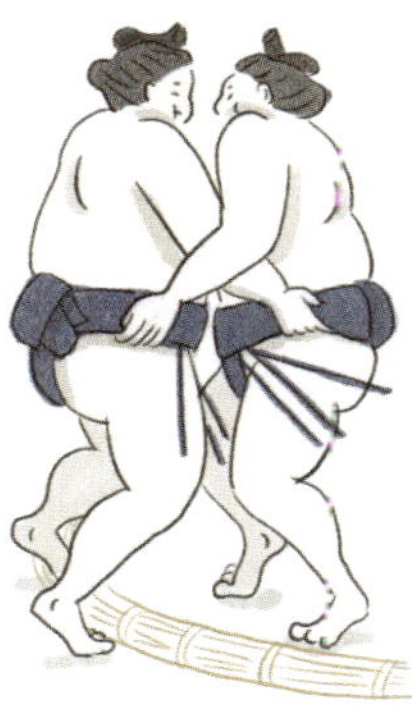

Yorikiri : sortir l'adversaire en s'agrippant à sa ceinture.

押し出し

Oshi-dashi : sortir l'adversaire en le poussant.

はたき込み

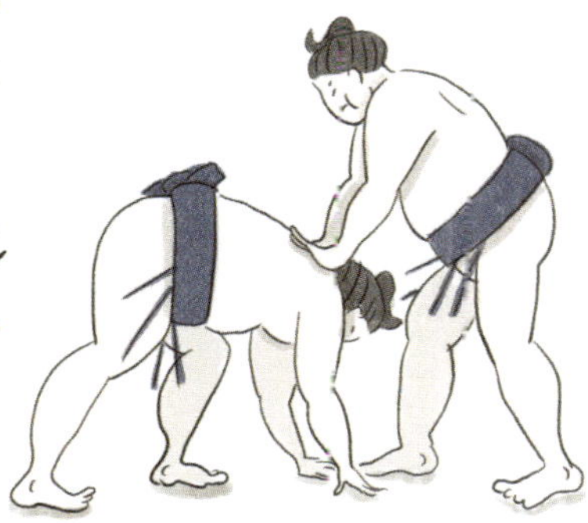

Hataki-komi : forcer l'adversaire à toucher le sol en tombant en avant.

上手投げ

Uwate nage : faire pivoter l'adversaire en l'agrippant par la ceinture.

LES ARTS MARTIAUX

Les arts martiaux japonais englobent différentes pratiques de combat aux origines variées, dont les anciennes écoles formaient les fameux samouraï. Ils sont étroitement liés au terme « budo », qui signifie littéralement « la voie du guerrier ». Cette voie pratique est fondée sur l'efficacité martiale, mais elle comprend aussi une dimension morale et spirituelle. Le succès actuel des arts martiaux japonais tient souvent autant à leur technique originale qu'à la philosophie qui leur est associée.

道場 dojo

柔道

Judo

Signifiant « la voie de la souplesse », c'est l'art martial le plus connu à l'étranger car il est devenu un sport de combat, et même une discipline olympique, très pratiqué dans le monde entier. Il comprend principalement des techniques de projection, des clés et du travail au sol.

Karaté

Le karaté est originaire de l'île d'Okinawa, située dans un archipel du Sud du Japon. Cette pratique dont le nom signifie « la main vide » deviendra un sport olympique à partir des Jeux de Tokyo.
Le karaté consiste à attaquer et se défendre à l'aide des différentes parties du corps, principalement les mains et les pieds. Par ses origines et son style, il est parfois comparé au kung-fu chinois.

Aïkido

Littéralement « la voie de l'harmonie de l'énergie », l'aïkido a été inventé dans les années 1920 par Morihei Ueshiba, expert en différents arts martiaux. Il se distingue par sa philosophie et sa pratique incompatible avec la compétition.
Le principe de l'aïkido est de contrôler l'attaque de l'adversaire en utilisant sa propre force pour la retourner contre lui sans s'y opposer frontalement. Composé principalement de techniques à main nue, il est considéré comme un art de la paix puisqu'il vise à arrêter le combat en neutralisant l'attaquant.

Kendo

Le kendo, littéralement « la voie du sabre », est issu de l'art des sabres des samouraï. Devenu aujourd'hui un sport de compétition, il utilise des armes en bambou et une armure de protection. Lorsque le combattant exécute une frappe, il doit faire en même temps le kiai, un cri provenant d'une forte expiration ventrale.

Kyudo

La « voie de l'arc » est la recherche du geste pur. Bien qu'issue du tir à l'arc des guerriers, cette discipline est très empreinte de philosophie zen, confucéenne et shintoïste. Il n'y a personne à combattre dans le kyudo ; il s'agit d'harmoniser son corps, son souffle et son esprit pour « ne faire qu'un » avec le mouvement afin que la flèche atteigne le cœur de la cible. Cependant la vraie cible n'est pas à l'extérieur, elle est à l'intérieur...

LE THÉÂTRE TRADITIONNEL

Le théâtre japonais a une histoire ancienne et riche. Il trouve sa source dans le sacré (événements religieux ou danses rituelles), mais c'est à partir du XIVe siècle que les formes classiques, plus esthétiques et raffinées, se sont réellement développées, sous l'impulsion des shogun. Les plus connues sont le nô, le kabuki et le bunraku.

BUNRAKU 文楽

C'est le théâtre de marionnettes traditionnel japonais. Il n'est pas destiné spécialement aux enfants. Les marionnettes, d'une grande taille (environ 1,5 m), sont animées par trois acteurs : un pour la tête et le bras droit, un autre pour le bras gauche et le troisième pour les jambes. Les manipulateurs sont habillés de noir et les deux derniers portent aussi une capuche.
Le récit, souvent traditionnel, est accompagné par un chanteur et un joueur de shamisen (voir p. 49).

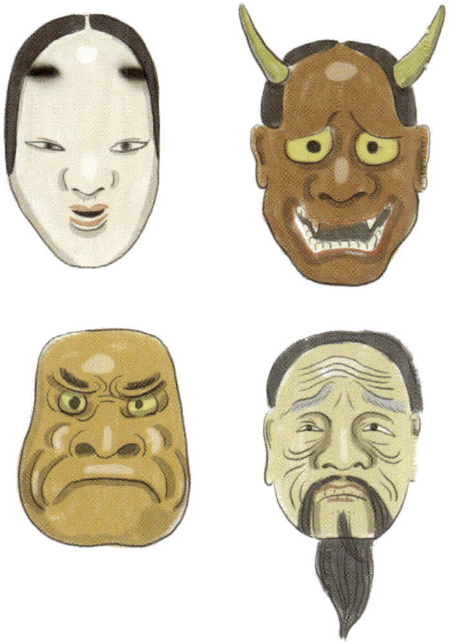

NÔ 能

Le nô est l'art théâtral le plus ancien du Japon. Extrêmement codifiées, les pièces relatant des contes traditionnels sont généralement très longues et lentes. Contrairement au kabuki, elles étaient à l'origine destinées à un public averti d'aristocrates. Tous les acteurs – des hommes – portent des costumes et des masques caractéristiques du personnage qu'ils interprètent. Leur jeu, très stylisé et épuré, est accompagné par des musiciens sur scène.

Les masques du nô

Les masques du nô définissent le personnage et ses caractéristiques. Il en existe plus de deux cent cinquante, mais ils peuvent se repartir en cinq catégories : les masques d'homme, de femme, de vieillard, de démon et d'esprit.

KABUKI 歌舞伎

Le kabuki est un théâtre traditionnel populaire issu des quartiers des plaisirs. Les acteurs, au jeu spectaculaire, portent un maquillage qui détermine leur rôle dans la pièce. Le kabuki comprend généralement plusieurs effets d'animation, comme une scène tournante, des trappes pour les acteurs, de fréquents changements de décor ou encore une passerelle au milieu du public...
La musique, les costumes, le maquillage et les effets de style sont caractéristiques de cette forme de théâtre traditionnel, la plus appréciée encore aujourd'hui, qui relate des récits historiques, mais aussi des histoires de la vie quotidienne

Le maquillage du kabuki

Le maquillage du kabuki est très stylisé. Les traits amplifient les expressions du visage et reflètent, suivant la couleur, la nature du personnage : rouge pour le héros, bleu pour les émotions négatives ou le méchant, vert ou brun pour les êtres surnaturels...

LE FUROSHIKI

Le furoshiki est un tissu carré avec lequel on réalise un pliage esthétique afin d'emballer différents objets à transporter ou à offrir. À l'origine, il servait à emmener ses vêtements au bain (furo). Il a ensuite été utilisé dans de nombreuses situations de la vie quotidienne, pour emballer joliment un cadeau, transporter un pique-nique ou son kimono...

風呂敷

Réaliser un sac à double anse

1 Posez le furoshiki, motifs contre la table.

2 Faites un nœud à chaque coin, en laissant au moins 10 cm entre le nœud et la pointe.

3 Nouez les coins C et D.

4 Nouez A et B : le sac est prêt !

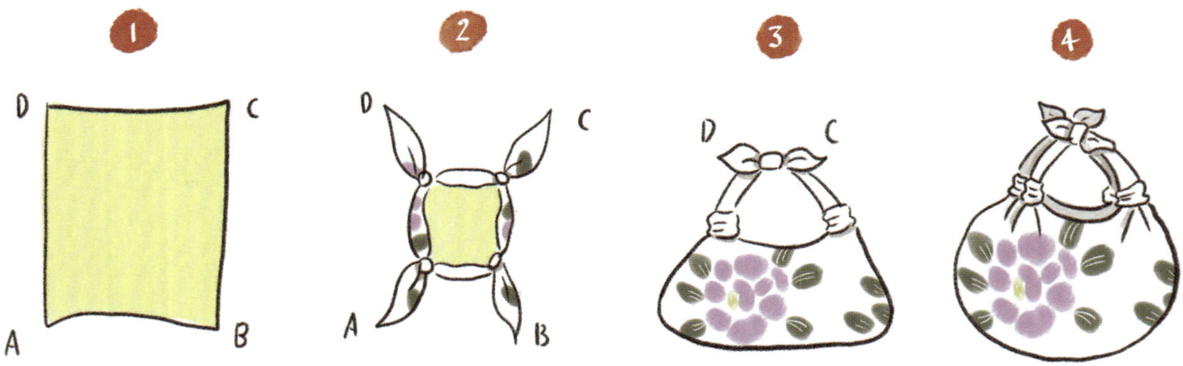

Il existe de nombreuses méthodes d'emballage et chaque objet a une ou plusieurs techniques qui lui sont propres. On n'emballe pas de la même façon un livre ou une bouteille. La forme a bien sûr son importance, mais la destination également. Pour le transport, il peut être pratique d'avoir une anse pour une bonne prise en main. On peut emballer façon paquet cadeau ou façon sac...

Pour un objet rectangulaire

Pour un objet circulaire

Pour une bouteille

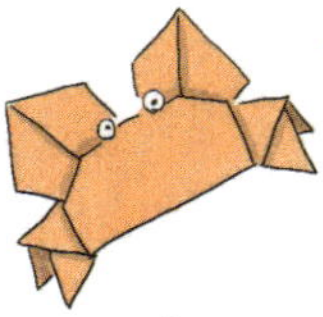

折り紙 L'ORIGAMI

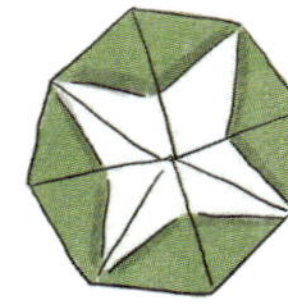

L'origami est l'art du pliage de papier. Il s'agit de façonner, à l'aide d'une feuille de papier carrée et au moyen d'une succession de pliures différentes, des formes représentant des animaux, des personnages ou encore des fleurs. Très populaire au Japon, mais désormais aussi à l'étranger, l'origami a une fonction à la fois esthétique, décorative, symbolique et éducative.

Hashi-oki
Origami de repose-baguettes

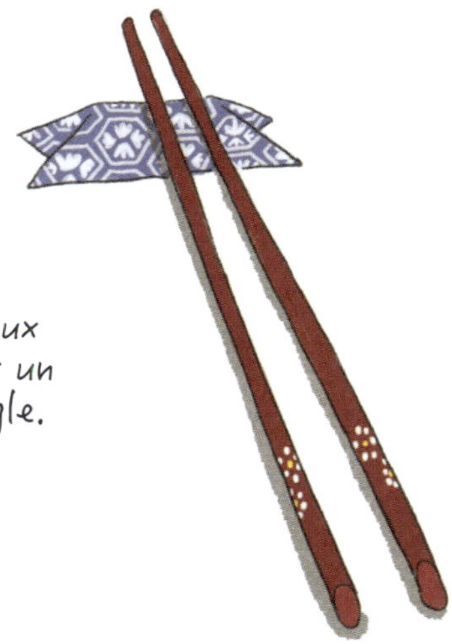

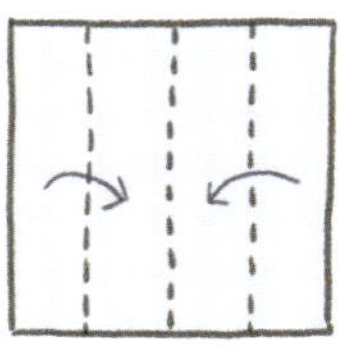

1 Prenez un origami de 10 cm de côté et rabattez chaque côté vers le centre.

2 Pliez en deux pour obtenir un long rectangle.

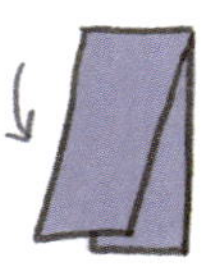

3 Pliez en deux du haut vers le bas.

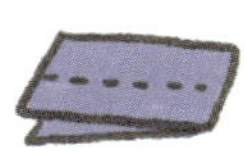

4 Pliez à nouveau dans l'autre sens.

5 Poussez le bout du rectangle afin d'obtenir un triangle. Recommencez avec l'autre bout, vous obtenez un trapèze.

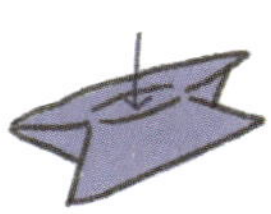

6 Pressez légèrement le haut du trapèze.

7 Posez la pointe des baguettes sur le hashi-oki. C'est prêt !

Technique de pliage du cygne

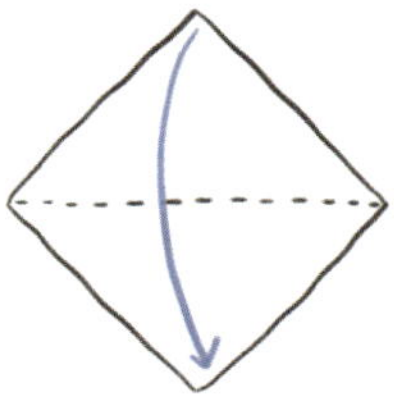

1 Pliez la feuille le long de la diagonale.

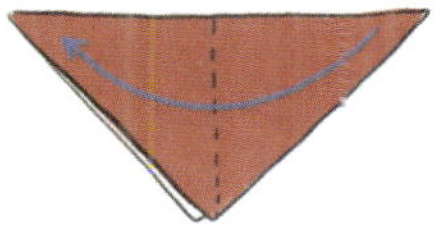

2 Pliez à nouveau.

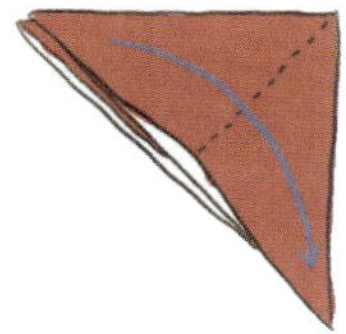

3 Pliez encore une fois, puis dépliez.

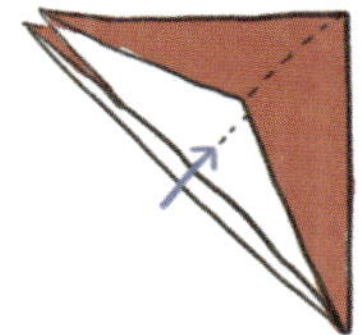

4 Soulevez la première couche au centre.

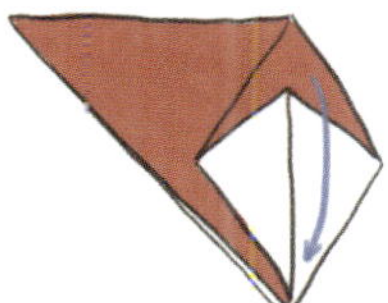

5 Basculez la pointe gauche vers la pointe droite.

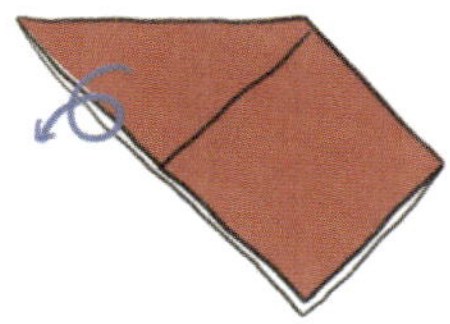

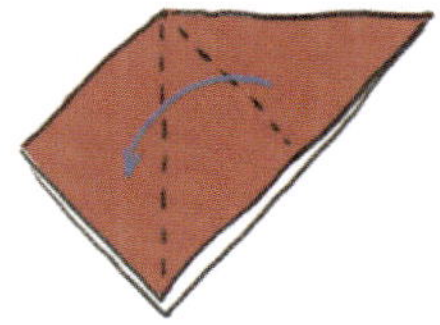

6 Retournez l'origami et procédez de la même façon.

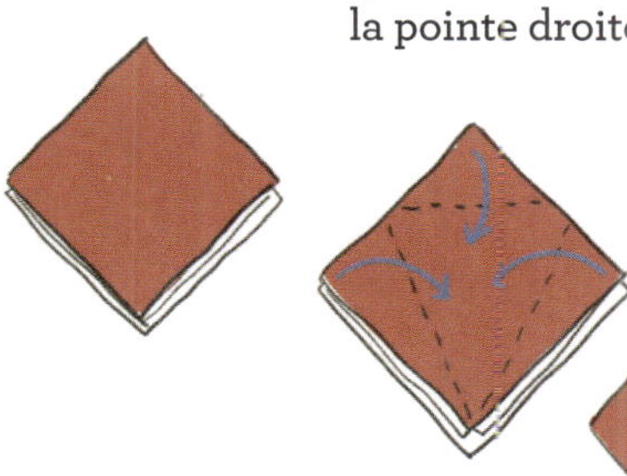

7 Vous obtenez un carré. Pliez en suivant les pointillés.

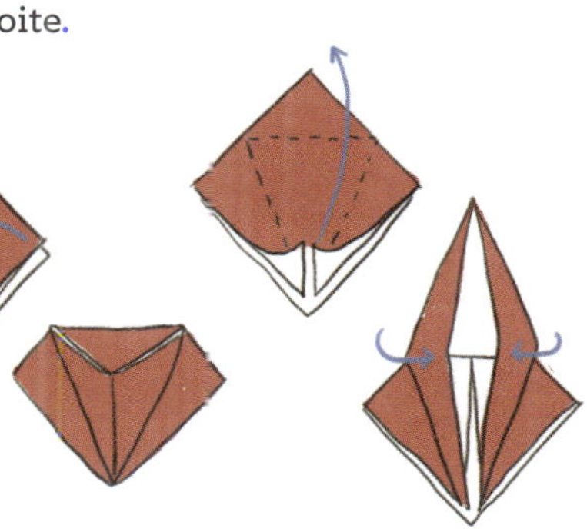

8 Dépliez, soulevez la pointe devant vous, puis rabattez les bords.

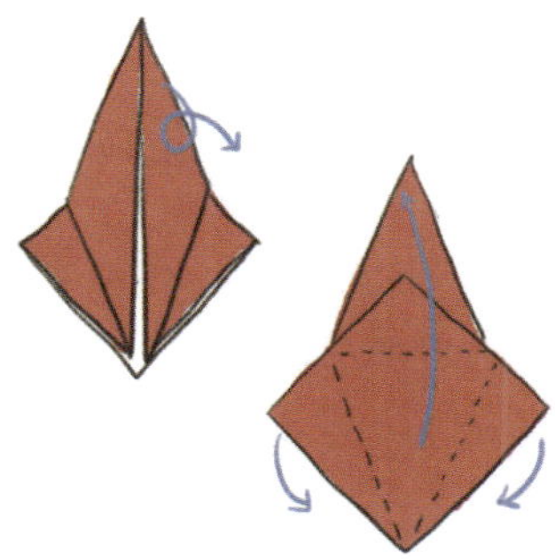

9 Retournez l'origami et procédez de la même façon.

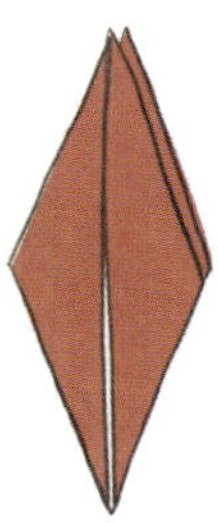

10 Vous obtenez un losange. Pliez en suivant les pointillés. Retournez l'origami et procédez de la même façon.

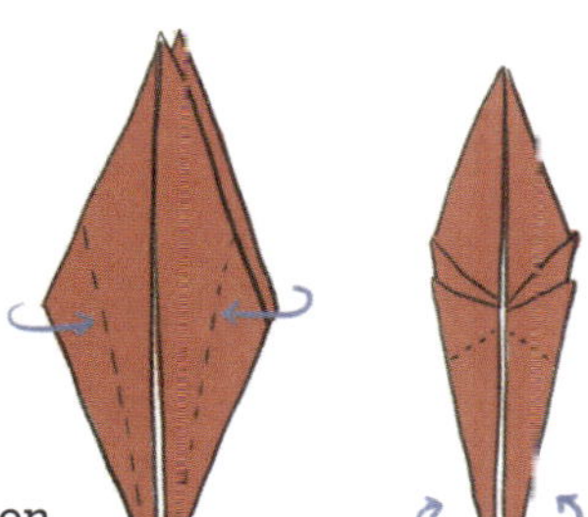

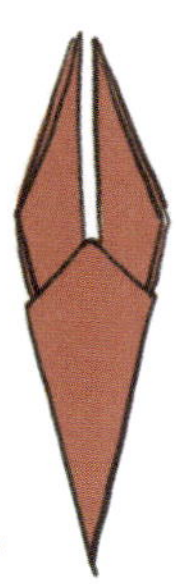

11 Soulevez un côté, puis amenez la pointe proche de vous vers le haut. Procédez de la même façon avec l'autre côté.

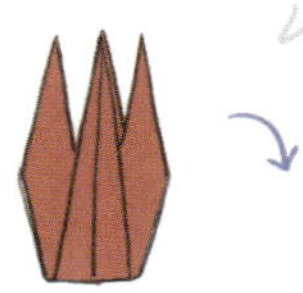

12 Les 4 pointes sont vers le haut. Rabattez légèrement une pointe pour créer la tête. Écartez les ailes : le cygne est prêt !

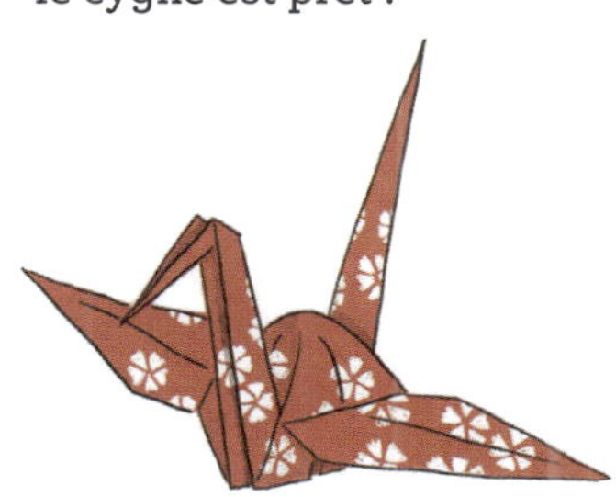

日本の伝統遊戯

LES JEUX

Connus aujourd'hui pour leurs jeux vidéo, les Japonais possèdent une longue histoire de jeux traditionnels : jeux de société, jeux de cartes, jeux de plateau et bien d'autres. Il y en a pour tous les goûts ; certains sont très ludiques et se pratiquent dans la cour de récréation, d'autres sont considérés comme un véritable art de la stratégie : c'est le cas du fameux jeu de go.

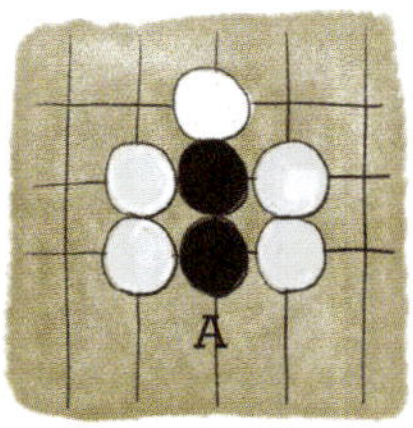

Jeu de go 碁

Sans doute le plus ancien jeu de plateau au monde (il a été inventé en Chine vers 2000 av. J.-C.), le go est le jeu de stratégie par excellence. Ses règles de base sont très simples : deux joueurs possèdent des pierres, blanches ou noires, qu'ils doivent poser chacun son tour sur les intersections d'un plateau composé de 19 lignes horizontales et 19 lignes verticales. Le but du jeu est de conquérir plus de territoires que son adversaire ou de faire prisonniers les pions adverses en les encerclant. Le nombre de configurations quasi illimité qu'il offre en fait l'un des jeux les plus subtils et les plus intéressants au monde.

En jouant sur le point A, les blancs font prisonniers les deux pions noirs.

Riichi mahjong 麻雀

Originaire de Chine, c'est une sorte de rami qui se joue à quatre avec des dominos. Le but est d'avoir un jeu complet pour poser les 14 paires de dominos sur le tapis. Bien que d'apparence simple, les règles du mahjong japonais sont assez compliquées car les combinaisons de dominos sont multiples.

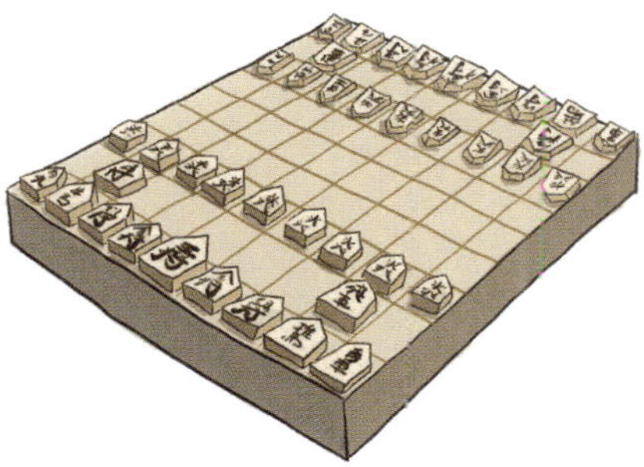

Shogi 将棋

C'est une sorte de jeu d'échecs où il faut prendre le roi de l'adversaire. Il se pratique sur un plateau comprenant 9 colonnes et 9 rangées. Chaque joueur possède 20 pièces, dont les modes de déplacement sont plus variés et complexes qu'aux échecs. C'est un jeu très populaire au Japon, où les principales compétitions sont diffusées à la télévision par la chaîne NHK.

Janken じゃんけん

Le fameux « jan ken pon » (Pierre, papier, ciseaux) est sans doute le premier jeu qui vient à l'esprit quand on pense à l'école au Japon.
En effet, pour de nombreux choix de la vie quotidienne, les Japonais, petits ou grands, font appel à ce jeu qui permet de savoir rapidement qui a gagné et qui a perdu...

Les règles du janken
Le papier bat la pierre en l'entourant, la pierre bat les ciseaux en les écrasant, les ciseaux battent le papier en le coupant. Dites « janken pon ! » et sur « pon », montrez votre main. S'il y a un match nul, dites « aiko desho ! » et sur « sho », montrez à nouveau votre main.

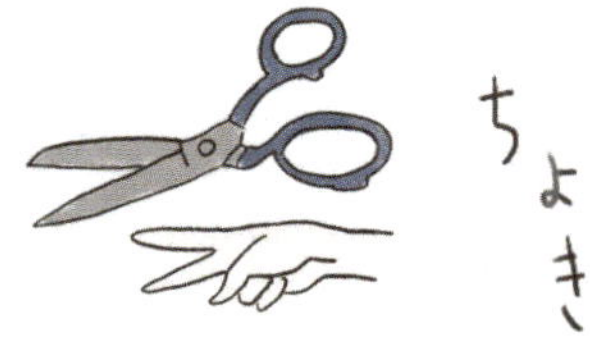

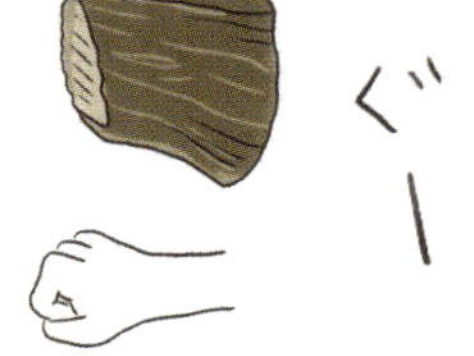

SHODO : LA CALLIGRAPHIE

Le shodo (書道), la calligraphie japonaise, est la voie de l'écriture. Composée essentiellement d'idéogrammes, l'écriture japonaise se prête naturellement à une mise en forme esthétique et décorative.

Le matériel

Les enfants apprennent la calligraphie dès leur plus jeune âge et chaque écolier possède sa mallette contenant les « 4 trésors » : le papier, le pinceau, l'encre et la pierre à encre.

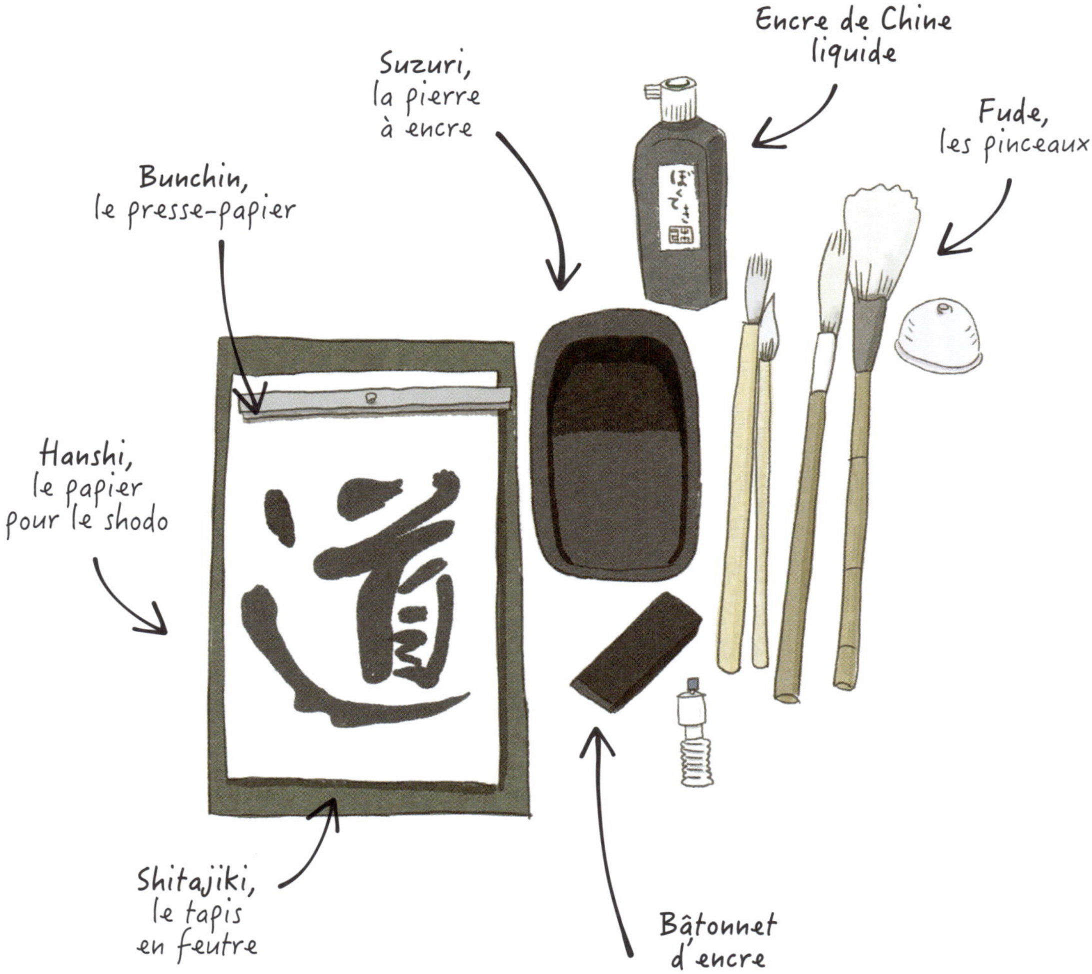

La posture et le geste
Ce sont les éléments clés de cette pratique qui nécessite une grande concentration pour maîtriser la vitesse et la pression du pinceau sur la feuille. Le résultat reflète l'esprit intérieur du calligraphe.

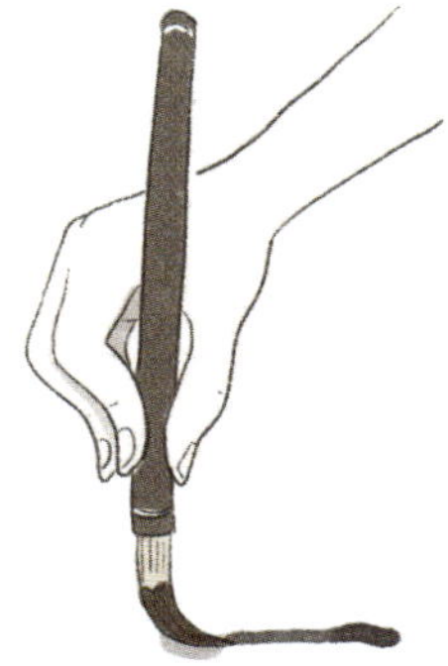

Les styles de calligraphie

Il existe principalement 5 styles d'écriture : kaisho, gyosho, sosho, reisho et tensho. On débutera en calligraphie avec le kaisho, proche de l'écriture d'imprimerie. Les poèmes sont souvent calligraphiés dans le style sosho, plus cursif et fluide. On peut également pratiquer le shodo d'une façon plus artistique et contemporaine, où l'écriture devient une performance et le kanji méconnaissable.

禅 精進

ZEN ET SHOJIN RYORI

Le zen est une branche du bouddhisme qui s'est particulièrement développée au Japon. Afin de reconnaître « notre vraie nature » et de résider dans la paix intérieure de cette compréhension, le zen met l'accent sur la conscience de l'instant présent, tout au long de la journée, mais particulièrement à travers le zazen, la méditation assise.

Les points clés du zazen

On dit que le zazen (« za » signifie « assis » et zen « méditation » ou « contemplation ») consiste à « juste s'asseoir » (shikantaza), sans attente, sans but (mushotoku), mais la posture, considérée comme la posture d'éveil du Bouddha originel, est importante. En voici quelques points clés.

L'attention est portée sur la posture et la respiration, en laissant les pensées, les images mentales, les perceptions et les sensations se déployer sans les poursuivre ou les rejeter.

Shojin ryori

La shojin ryori est la cuisine végétarienne des temples zen, qui porte les valeurs de sagesse du bouddhisme : elle est équilibrée, simple, naturelle, respectueuse. Son nom peut d'ailleurs se traduire par « la cuisine qui améliore le jugement », car elle contribue non seulement à la santé du corps, mais aussi à celle de l'esprit.

精進料理

La cuisine des monastères bouddhistes est totalement végétarienne car il est interdit de prendre la vie. Mais elle ne se cantonne pas à ce seul précepte. Cuisiner les produits locaux, de saison et à l'état naturel, éviter le gaspillage : tels sont quelques-uns de ses autres grands principes. Les plats emblématiques de cette cuisine sont les tempura de légumes de saison, ceux autour du tofu, les légumes mijotés ou encore la fameuse soupe kenchin jiru.
Même sans être moine, il est tout à fait possible de déguster cette cuisine raffinée à l'intérieur de certains temples ou aux alentours, notamment à Kyoto.

Va laver ton bol !
Illustrant l'importance du moment présent, une des histoires les plus connues du bouddhisme zen est en lien avec le repas.
Au disciple qui demande : « C'est quoi, le zen ? », le maître répond : « Tu as fini ta soupe ? Alors va laver ton bol ! »

胡麻豆腐

Koya-dofu

Koya, où ce tofu est censé avoir été inventé, est le nom de la montagne sacrée de la région de Wakayama où se trouve un complexe de plus de 100 temples bouddhistes classé au patrimoine mondial de l'Unesco. Le koya-dofu est un tofu congelé puis séché au goût prononcé, avec une texture très spongieuse qui absorbe particulièrement bien les saveurs.

妖怪

LES YOKAI

Les yokai sont des esprits, des monstres ou des créatures surnaturelles du folklore japonais. Profondément ancrés dans l'imaginaire et popularisés par les estampes de l'ère Edo, les yokai sont encore très présents dans le quotidien japonais et on les retrouve dans de nombreuses illustrations.

Oni

C'est une sorte d'ogre géant à la peau rouge avec deux cornes qui vit dans les montagnes. L'oni est un démon que l'on essaye d'éviter. Il peut causer de nombreux dommages avec sa force surhumaine et son gourdin. Traditionnellement, on célèbre une fête du printemps pour purifier les maisons et faire fuir les oni...

Tengu

Les tengu sont des démons au visage rouge, mi-humains mi-oiseaux ; ils sont considérés comme des esprits (kami) dans le shintoïsme. Leur méchanceté tend aujourd'hui à s'effacer et ils sont parfois plutôt vus comme des protecteurs de certains lieux naturels ou forêts.

Ces êtres surnaturels ont des comportements spécifiques suivant leurs origines ; ils peuvent être bienveillants ou malveillants, porter chance ou malchance. Certains ont des traits humains, d'autres sont des objets qui s'animent ou encore des animaux qui se transforment... Ils ont la plupart du temps des pouvoirs surnaturels et certains d'entre eux peuvent se métamorphoser : ils sont alors appelés des obake.

Kappa

Le kappa est un mélange de diablotin et de tortue qui vit dans les eaux douces aux alentours des villages. Il est redouté car il peut kidnapper les enfants et les noyer.
Le kappa tire sa grande force de l'eau qui réside au-dessus de son crâne en forme de bol. Mais s'il perd ce liquide, il devient faible et peut même mourir au bout d'un certain temps...

Tanuki

Inspiré du chien viverrin, ressemblant à une sorte de raton laveur, le tanuki est un des esprits de la forêt les plus célèbres au Japon. Il est souvent représenté avec un chapeau de paille et une bouteille de saké.
Le tanuki est un yokai généralement bienveillant, symbole de prospérité, mais qui peut être un peu facétieux, notamment grâce à son pouvoir de métamorphose.

Kitsune

Esprit renard, il est le messager d'Inari, une divinité shintoïste. Doté d'une grande intelligence, il a aussi de nombreux pouvoirs surnaturels, dont celui de se transformer. Un kitsune peut facilement se faire passer pour une belle femme et ainsi jouer de nombreux tours aux hommes qu'il séduit...

PORTE-BONHEUR

Daruma

C'est à l'origine le nom japonais du moine Bodhidharma, qui a, selon la légende, fondé l'école zen. Aujourd'hui, daruma est avant tout une petite figurine populaire, en forme de culbuto, représentant un moine aux gros yeux. On en peint la première pupille en formulant un vœu et la seconde lorsque le vœu est exaucé.

Maneki neko

Ce chat porte-bonheur dont le nom signifie littéralement « le chat qui invite » est souvent présenté près des caisses dans les commerces japonais. La patte gauche levée invite le client et la patte droite attire la fortune.

日本料理

LA CUISINE JAPONAISE

L'Unesco a inscrit le washoku (和食), la culture culinaire japonaise, au patrimoine culturel immatériel de l'humanité. Issue de traditions millénaires, la cuisine japonaise est un véritable trésor alliant esthétisme, nutrition et saveurs, avec une composante bien spécifique à la cuisine japonaise, l'umami. Cette cinquième saveur (avec le sucré, le salé, l'acide et l'amer), qui pourrait se traduire par « goût délicieux », donne véritablement toute leur profondeur aux plats.

けんちん汁

鰹節

斜め切り

和菓子

LES REPAS ご飯

En japonais, le mot « riz » (gohan, ご飯) signifie aussi « repas ». Le bol de riz est donc l'élément central d'un repas familial. Mais quels sont les plats qui l'accompagnent ? Petit tour d'horizon du repas traditionnel japonais.

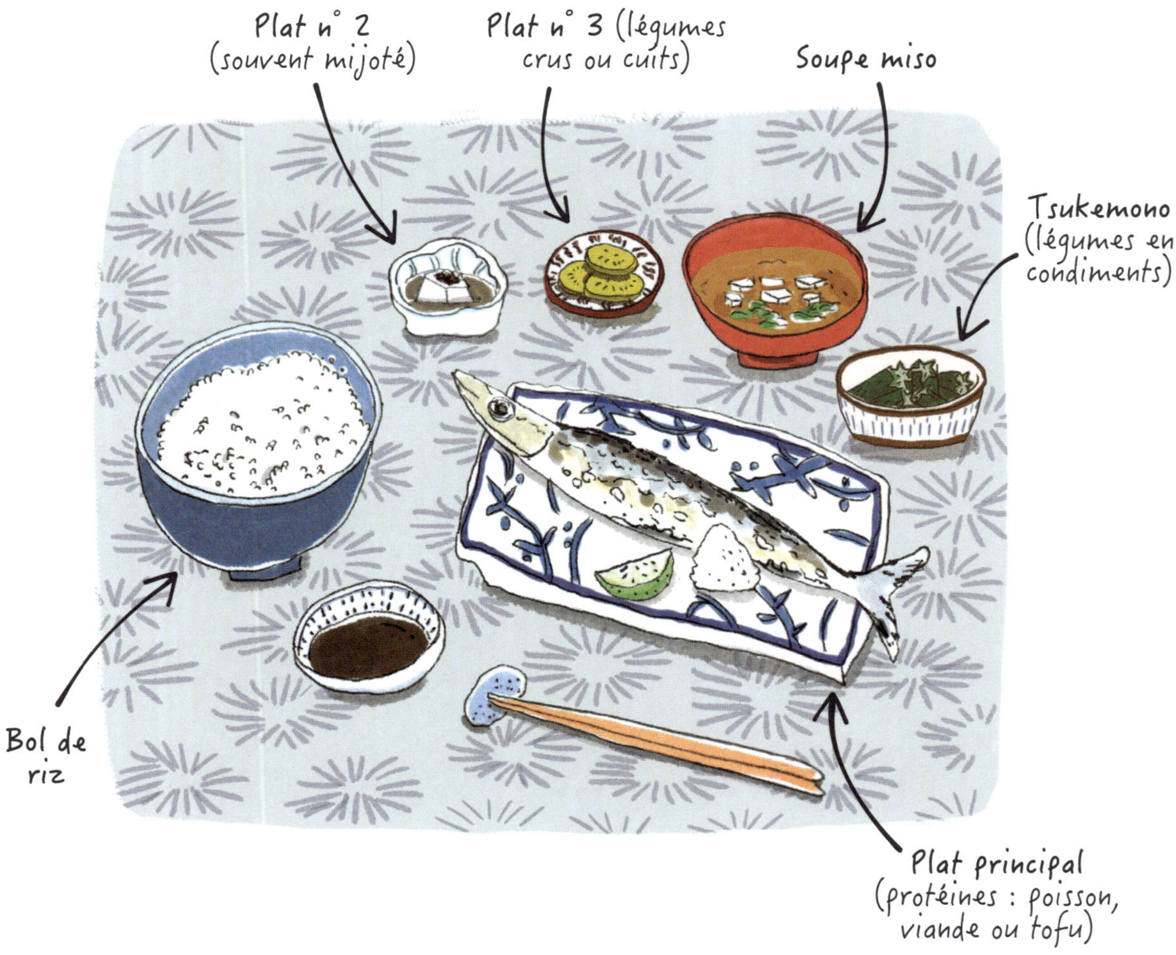

La composition du repas

Le régime alimentaire japonais se fonde sur le principe de l'ichi-ju sansai, qui signifie littéralement « une soupe, trois plats » (les condiments tsukemono sont en plus). Les repas quotidiens japonais sont donc composés d'une soupe et de trois plats (souvent avec des cuissons différentes) autour du riz, ce qui en fait un menu tout à fait équilibré. Un simple morceau de fruit sert parfois de dessert. Thé, bière ou saké accompagnent les mets.

朝ごはん

LE PETIT DÉJEUNER

Au Japon, le petit déjeuner traditionnel est salé. Il est composé d'une soupe miso et d'un bol de riz accompagné de condiments et d'algue nori. Il peut même être complété d'un poisson grillé ! Mais aujourd'hui, de plus en plus de familles adoptent le petit déjeuner occidental.

Les bonnes manières à table

1 Pour dresser la table, positionnez le riz sur la gauche, la soupe miso sur la droite et les plats au-dessus de ces deux éléments principaux (le plat principal et la soupe miso peuvent éventuellement s'intervertir). Les baguettes sont disposées à l'horizontale, sous le bol de riz.

2 Pour la dégustation, il est conseillé de soulever le bol de riz ou de soupe pour le porter au plus près de la bouche ; en revanche, il est malpoli de soulever les autres plats.

3 Le riz reste immaculé ; on a tendance à vouloir l'arroser de sauce, mais cela ne se fait pas, car les grains de riz se sépareraient et il serait très difficile de prendre des bouchées avec ses baguettes !

Comment utiliser les baguettes

1 Déposez une baguette sur le bout de l'annulaire et dans le creux entre le pouce et l'index : cette baguette restera fixe.

2 Prenez la seconde baguette entre le bout du pouce, de l'index et du majeur. Veillez à toujours avoir les pointes des deux baguettes à la même hauteur.

3 C'est la seconde baguette qui est mobile.

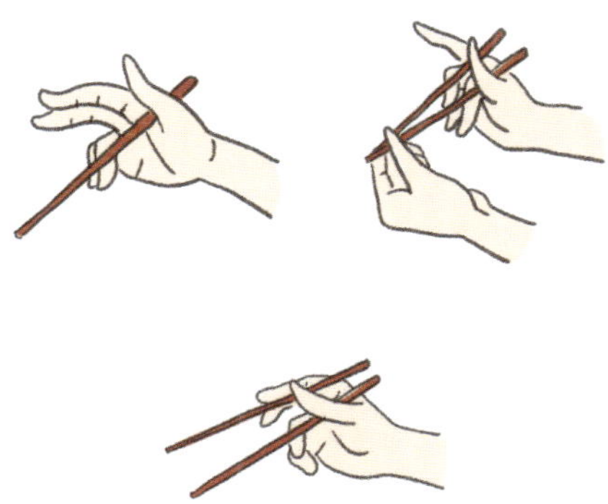

お食事処
レストラン

LES RESTAURANTS

Rien qu'à Tokyo, considérée par certains guides culinaires comme la capitale mondiale de la gastronomie, il y aurait plusieurs dizaines de milliers de restaurants ! Face à cette profusion de choix, il n'est pas toujours facile de s'y retrouver, d'autant que le monde culinaire japonais a ses propres codes ainsi que de nombreuses particularités et spécialités.

Sushi-ya 寿司屋

Bien que ce ne soit pas, et de loin, le type de restaurants le plus répandu, il y a bien entendu beaucoup de sushi-ya au Japon. Ce sont de petits restaurants, avec parfois un seul comptoir de quelques places, où le maître sushi découpe le poisson devant vous. La version plus populaire est le kaiten-zushi, le « sushi tournant », où les assiettes défilent sur un tapis qui tourne autour d'un comptoir.

Kaiseki 懐石

Ces restaurants proposent de la haute gastronomie japonaise. Il s'agit d'une expérience, souvent inoubliable, à la fois culinaire et esthétique. Le menu unique, qui se décline en fonction des saisons, est généralement composé de nombreux plats à la présentation soignée, souvent servis sur des plateaux par des femmes en kimono.

Izakaya 居酒屋

Restaurant incontournable et populaire, l'izakaya est un peu le bar à vin ou à tapas à la japonaise. On y commande des portions de plats variés que l'on partage entre amis ou collègues, accompagnés de saké ou de bière.

Restaurants de nouilles 麺屋

Les plus qualitatifs sont spécialisés dans un type de nouilles : des udon, des soba ou des ramen, souvent préparées « maison ». Il existe aussi de nombreuses petites échoppes, parfois même sur le quai d'une gare, qui proposent des nouilles à toute heure du jour et même de la nuit.

Yatai 屋台

La street food à la japonaise. Certains quartiers de grandes villes sont connus pour ces échoppes de rue, le plus célèbre étant celui de Fukuoka. On y mange souvent au comptoir dans la rue, caché par un tissu (noren). C'est l'endroit parfait pour déguster des takoyaki, yakitori, yakisoba ou ramen à bon prix.

Teppanyaki 鉄板焼き

Comme pour l'okonomiyaki (grosse crêpe garnie), on cuit tout sur une plaque chauffante en inox. Mais il y a un plus vaste choix de produits et tout est fait en direct par le chef devant vous. Les ingrédients peuvent être de la viande, du poisson ou des légumes cuits directement et agrémentés de différentes sauces.

COMMANDER AU RESTAURANT

« Irrashaimase ! » (« Bienvenue ! ») Voilà comment on est reçu dès que l'on passe la porte d'un restaurant japonais. Mais avant d'oser lever le noren, on peut être dérouté par la devanture d'un restaurant traditionnel, car on ne voit pas ce qui se passe à l'intérieur et les menus ne sont pas toujours affichés.

Devanture de restaurant

Le noren est le rideau suspendu devant l'entrée d'un restaurant (mais aussi d'un magasin ou d'une maison) et sur lequel est imprimé le nom ou le logo du restaurant.

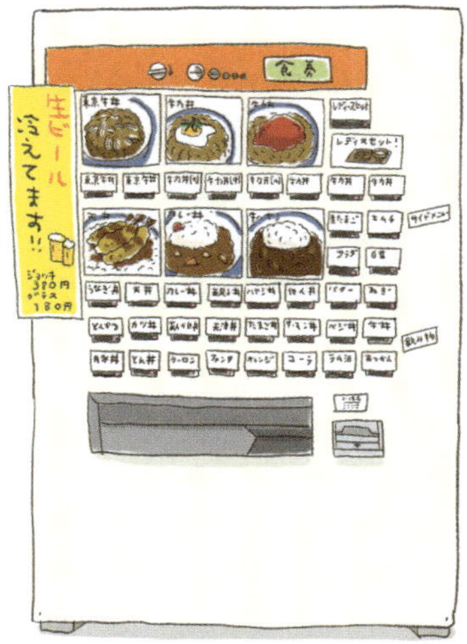

ショーケース

Détail d'une vitrine avec des plats en plastique

On peut voir des plats en vitrine devant de nombreux restaurants au Japon. Ces échantillons en plastique ressemblent à s'y méprendre aux vrais plats et ils sont d'une grande aide pour faire son choix !

券売機

Machine pour commander

Dans d'autres restaurants plus populaires, vous pourrez commander et payer votre plat à un distributeur de tickets avant d'entrer dans le restaurant. Comme il y a souvent des photos sur chaque touche, cela facilite la commande. Entrez ensuite dans le restaurant en donnant votre ticket.

御献立

Noms des plats et prix accrochés au mur

Dans les restaurants, on ne vous apportera pas toujours de menu car ils est peut-être accroché au mur.

« Omakasé » : ce terme signifie « je m'en remets à vous ». On laisse le chef choisir pour soi le déroulé du repas. Cela est fréquent au Japon et c'est un excellent moyen de partir à la découverte de nouvelles saveurs !

LE PLACARD DE BASE

お醤油

Shoyu : sauce soja

みりん

Mirin : alcool de riz sucré

お酒

Saké : alcool de riz fermenté

お酢

Komé su : vinaigre de riz

ごま油

Goma abura : huile de sésame

だしパック

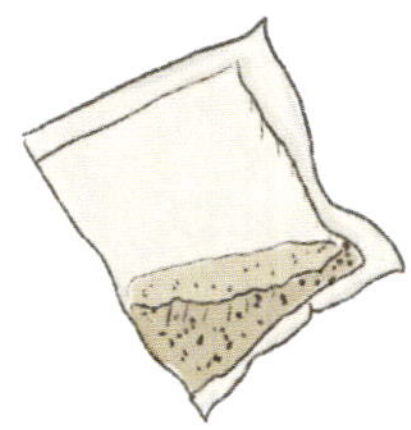

Dashi : bouillon

味噌

Miso : pâte de soja fermenté

お米

Okomé : riz

海苔

Nori : algue

LES FRUITS ET LÉGUMES

山葵

Wasabi :
moutarde japonaise

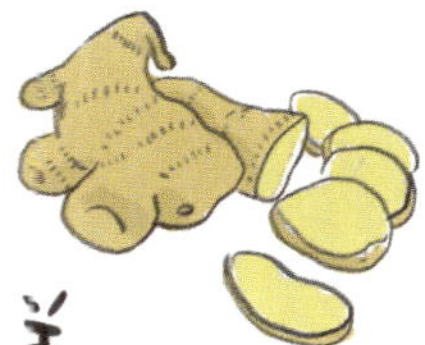

生姜

Shoga :
gingembre

紫蘇

Shiso : feuille
de périlla

大根

Daikon :
radis blanc

椎茸

Shiitaké :
champignon (lentin
de chêne)

茗荷

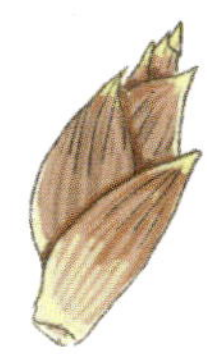

Myoga : échalote
japonaise

柚子

Yuzu : citron
japonais

柿

Kaki : fruit
du plaqueminier

梨

Nashi : poire
japonaise

LES SUSHI 寿司

Le sushi est composé de riz vinaigré et d'une garniture. Si le riz vinaigré, la base, est toujours présent, sa forme peut fortement varier. La forme la plus commune est le nigiri sushi, mais il existe de nombreuses autres présentations : maki (rouleau), témaki (rouleau en cône), chirashi (bol de riz vinaigré recouvert de garniture), témari (en forme de balle) ou encore oshi sushi (pressé), pour n'en citer que quelques-unes.

Les variétés de sushi

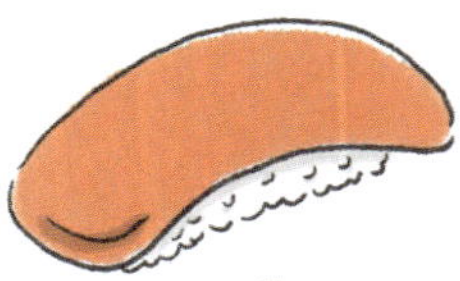

マグロ

Maguro : thon

穴子

Anago : anguille de mer

サーモン

Salmon : saumon

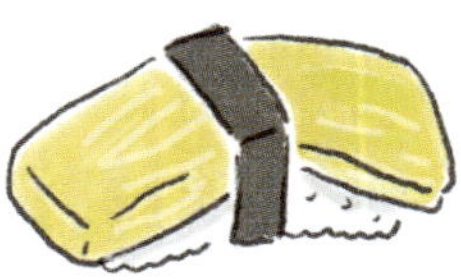

玉子

Tamago : œuf

アジ

Aji : chinchard

いくら

Ikura : œufs de saumon

タコ

Tako : poulpe

えび

Ebi : crevette

うに

Uni : oursin

LE FAÇONNAGE DES SUSHI

La réalisation des sushi est presque un art au Japon : il faudrait environ dix ans d'apprentissage pour devenir un maître sushi ! Mais rassurez-vous, vous pourrez quand même les apprécier en suivant les conseils de notre chef, Ito-san !

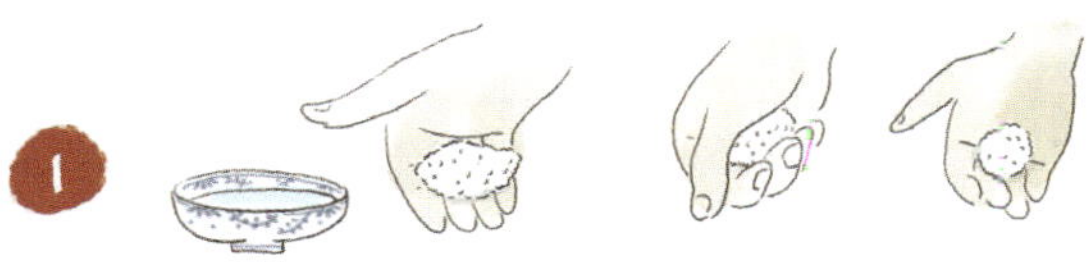

1 Humidifiez vos mains et prélevez une petite quantité de riz vinaigré dans le creux de votre main. Pressez légèrement le riz en le faisant rouler afin d'obtenir une boulette ovale.

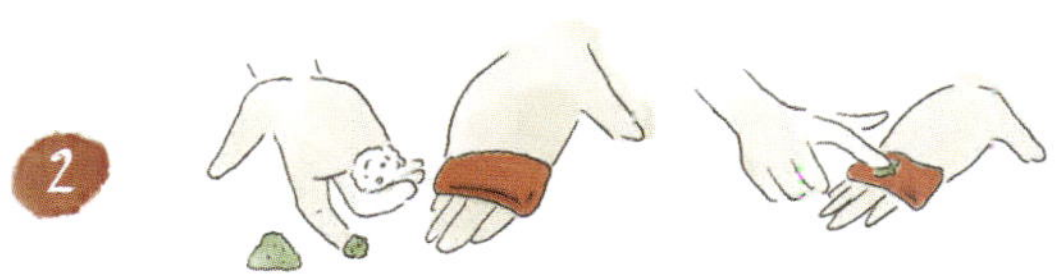

2 Placez une pointe de wasabi avec votre doigt au centre de la tranche de poisson.

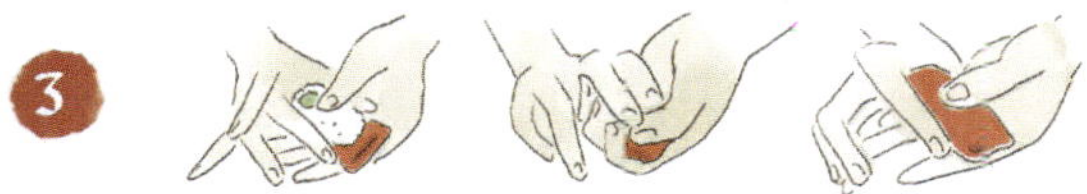

3 Déposez le poisson sur le riz. À l'aide de deux doigts, exercez une nouvelle pression sur le poisson afin qu'il adhère au riz.

4 Déposez le nigiri sushi ainsi formé sur le plat de service. C'est prêt !

LES PLATS DE RIZ ごはん類

Des classiques sushi aux domburi, la cuisine japonaise offre une très large palette de mets à base de riz. Voici quelques-uns des plats incontournables que vous retrouverez fréquemment sur les tables nippones.

Maki
Sushi roulé dans une feuille d'algue

Témaki

Chirashi sushi
Riz à sushi recouvert de garniture

Sushi
Boulette de riz recouverte de poisson

Takikomi
Riz assaisonné

Onigiri
Boulette de riz

Chahan
Riz sauté

Ochazuké
Riz au thé

Domburi
Bol de riz recouvert de garniture

LES PRODUITS DÉRIVÉS DU RIZ

Élément central de la cuisine japonaise, le riz a donné naissance à de très nombreux produits dérivés qui sont aussi, pour la plupart, essentiels dans l'alimentation japonaise.

Mochi daifuku
Crème de haricots azuki (anko) entourée de pâte de riz gluant

Mochi isobé maki
Riz gluant cuit à la vapeur puis « tapé » et enroulé dans une feuille d'algue nori

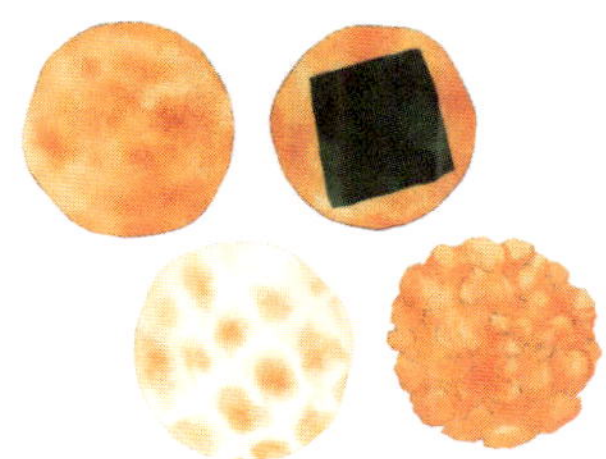

Senbeï
Galette de riz gluant grillée et assaisonnée de sauce soja

Saké
Vin de riz fermenté

Komé su
Vinaigre de riz

Mirin
Vin de riz sucré utilisé en cuisine

LE BENTO おべんとう

Le bento est une véritable institution au Japon. Dès le plus jeune âge, les enfants emportent à l'école leur repas amoureusement préparé par leur maman dans de jolies boîtes compartimentées appelées « bento ».

LES ONIGIRI おにぎり

Les onigiri sont de véritables en-cas que les Japonais dégustent à tout moment de la journée. Ces sandwichs de riz faciles à emporter sont très pratiques pour finir les restes de riz de la veille.

Le façonnage de l'onigiri

1 Mouillez et salez légèrement vos mains.

2 À l'aide d'une spatule en bois, prenez une bonne quantité de riz cuit.

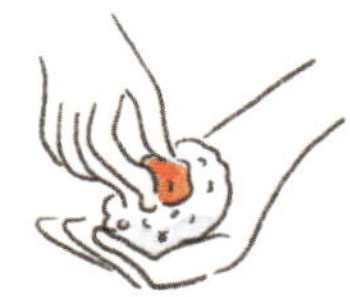

3 Déposez la garniture au centre du riz.

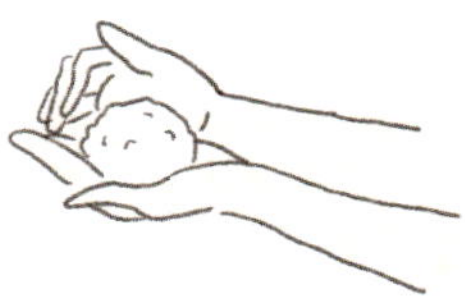

4 Compactez légèrement le riz afin de former un triangle.

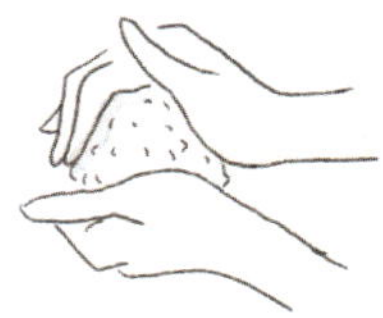

5 L'astuce est de tourner le triangle entre ses mains de façon à avoir une pression homogène sur les trois bords, sans compresser le riz, qui ne doit surtout pas être écrasé.

6 Une fois l'onigiri formé, recouvrez-le d'une lamelle d'algue nori.

Les garnitures

梅干しおにぎり

Le classique
- umeboshi (prune saumurée)
- nori

しそゆかりおにぎり

Le parfumé
- yukari (condiment de shiso pourpre)
- feuille de shiso vert

えび天おにぎり

Le crevette-tempura
- crevettes en tempura
- nori

LES NOUILLES 麺

Les nouilles (men, 麺), comme le riz, sont un aliment de base de la cuisine japonaise. Il en existe une grande variété regroupant, d'une part, les nouilles traditionnelles comme les soba, les udon ou les somen et, d'autre part,
les nouilles aux influences chinoises comme les ramen ou les yakisoba.

Zaru soba

Shoyu ramen

Kitsuné udon

Soba

Soba signifie « sarrasin » en japonais. Ces nouilles sont le symbole d'une cuisine raffinée et saine.
Elles sont toujours cuisinées de façon très simple, chaudes en soupe, ou froides avec une sauce tsuyu.

Ramen

Ces nouilles de blé originaires de Chine ont été introduites au Japon au début du XXe siècle. Servies dans des bouillons à base de sauce soja ou de miso, elles ont connu un véritable essor avec les plats de nouilles instantanés. Mais rien de tel qu'un bon ramen dégusté dans une gargote ou fait maison !

Udon

Avec les soba et les ramen, ce sont les pâtes les plus consommées au Japon.
Composées de farine de blé, de sel et d'eau, les udon sont blanches et varient en taille selon les régions. Séchées ou fraîches, elles s'accommodent en soupe dans un bouillon, avec une garniture, ou en plat froid.

Harusamé

Les harusamé sont des nouilles à base de fécule de soja ou de pomme de terre. Leur nom très poétique (« pluie de printemps ») évoque la légèreté et la transparence : ces nouilles, une fois cuites, deviennent en effet transparentes. On les trouve habituellement sous forme séchée. Elles se dégustent en salade ou sautées et entrent dans la composition des marmites japonaises.

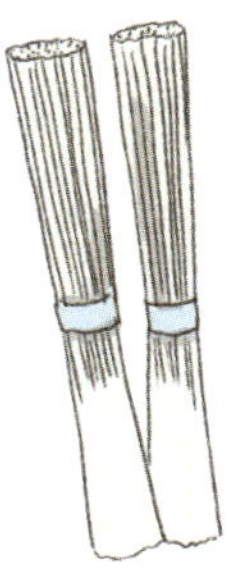

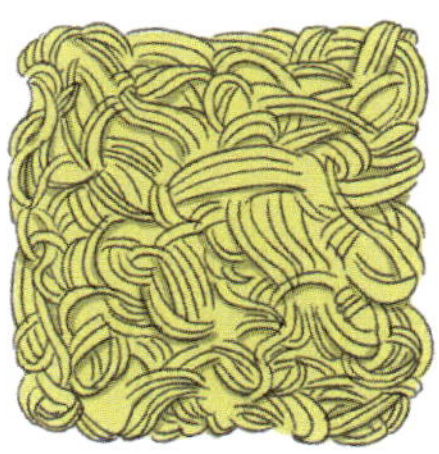

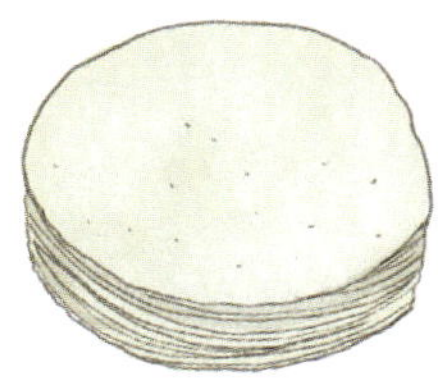

Somen

Ces nouilles blanches très fines sont composées de farine de blé. On les déguste froides, pendant l'été, assaisonnées d'une sauce tsuyu.

Yakisoba

Ces nouilles de blé d'origine chinoise sont le plus souvent préparées sautées avec des légumes et de la viande sur un teppanyaki, la plancha japonaise.

Gyoza

Ces raviolis japonais sont confectionnés à l'aide d'une fine pâte ronde faite à base de farine de blé. On les trouve principalement au rayon surgelés des épiceries asiatiques.

AUTRES PLATS

La cuisine japonaise offre une palette très large de mets. Ainsi, on retrouve des plats mijotés comme le niku-jaga, des fritures comme la tempura, des fondues comme le shabu-shabu, des cuissons vapeur comme le chawan-mushi... Petit tour d'horizon de quelques plats emblématiques en dehors des sushi.

Tempura
Beignets de crevettes et de légumes trempés dans la sauce tsuyu

Tonkatsu
Porc pané accompagné de sauce tonkatsu

Katsuo tataki
Sashimi de bonite assaisonné

Gyudon
Riz au bœuf et aux oignons

Karé rice
Curry japonais

Oyako-don
Bol de riz recouvert d'une omelette au poulet

おでん

Oden
Pot-au-feu
japonais

しゃぶしゃぶ

Shabu-shabu
Fondue japonaise

蟹鍋

Nabé
Marmite

すき焼き

Suki-yaki
Viande et légumes mijotés
dans une sauce sucrée-salée
puis trempés dans un œuf
cru battu

鉄板焼き

Teppanyaki
Plancha version japonaise.
Viande, poisson et légumes
sont juste saisis sur une
planche en Inox

STREET FOOD

Le Japon, connu pour sa cuisine raffinée, est également un grand pays de street food. Que ce soit lors des matsuri (festivals) ou dans certains quartiers des grandes villes (notamment à Fukuoka, sur l'île de Kyushu), des alignements de stands ambulants, appelés « yatai », offrent divers plats populaires comme les takoyaki, les yakisoba, les ramen, ou encore les fameux yakitori (ci-contre).

屋台

Un yatai de yakitori

Takoyaki

Les takoyaki, littéralement « poulpe grillé », sont des boulettes de pâte grillées fourrées au poulpe et assaisonnées de mayonnaise et d'une sauce sucrée-salée, la sauce takoyaki (très proche de la sauce okonomiyaki). Cette spécialité d'Osaka est devenue le symbole de la *street food* nipponne.

YAKITORI
焼き鳥

Les yakitori (littéralement « poulet grillé ») sont des petites brochettes savoureuses cuites au barbecue et trempées régulièrement dans une sauce appelée, logiquement, « sauce yakitori ». Traditionnellement, les yakitori sont à base de poulet, mais il en existe de nombreuses variétés avec des légumes et d'autres types de viande.

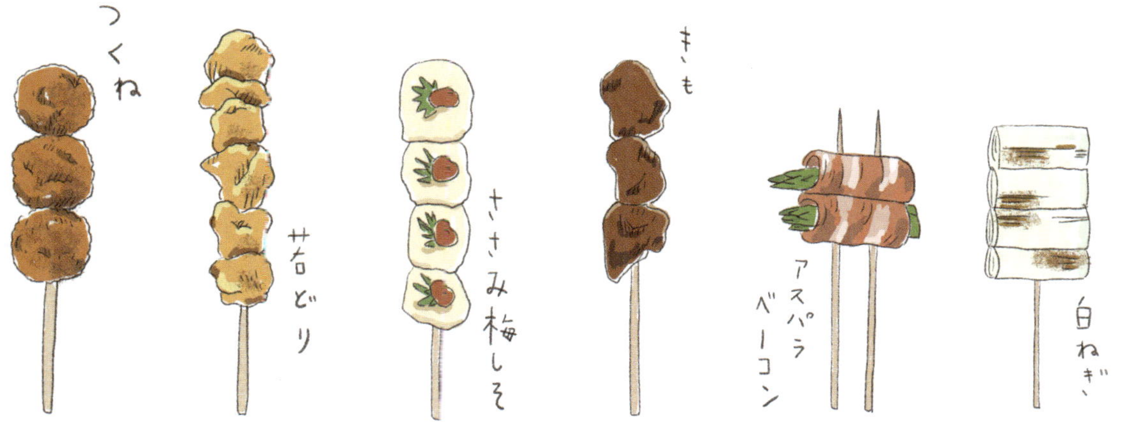

Tsukuné : boulettes de poulet haché

Cuisse de poulet

Sasami-ume shiso : blanc de poulet à l'umeboshi et au shiso

Kimo : foie de poulet

Aspara-bacon : asperges entourées de lard

Shiro-negi : poireaux

Shiitaké : champignons

Shishitou : piments doux et daikon râpé

Tomato-bacon : tomates entourées de lard

Kawa : peau de poulet

Neguima : poulet et oignon vert

Tebasaki : ailes de poulet

居酒屋 LES iZAKAYA

Avec leur lanterne et leur noren (rideau) caractérisant leur entrée, les izakaya sont incontournables au Japon et offrent une expérience unique, une véritable plongée dans la culture japonaise !

Littéralement « le lieu où l'on boit de l'alcool », c'est un restaurant populaire, un endroit convivial où l'on partage les plats entre amis ou collègues, généralement autour d'un verre de bière ou de saké.

Oshibori

En arrivant dans un izakaya, commencez par commander la boisson qui arrivera avec l'oshibori, une merveille de serviette humide et bien chaude qui, passée sur le visage puis les mains, vous requinquera après une bonne journée !

LES PLATS PHARES

Agedashi-dofu : tofu frit

Tamagoyaki : omelette japonaise

Korrokke : croquettes de pomme de terre

Edamame : soja encore jeune, donc immature, servi cuit à l'eau et salé

Yakitori : brochettes de poulet ou de légumes

Karaage : poulet mariné frit

Tebasaki : ailerons de poulet frits

Potato salada : salade de pommes de terre et de concombre à la mayonnaise

Onigiri : boulettes de riz

Hiya-yakko : kinu tofu (tofu soyeux) servi froid et assaisonné

和菓子 LES WAGASHI

Les pâtisseries traditionnelles japonaises sont appelées wagashi (« wa » signifie « japonais » et « kashi », « sucrerie »). Ces petites friandises très esthétiques sont d'abord appréciées pour leur apparence, puis pour leur goût raffiné et délicat.

春 WAGASHI DE PRINTEMPS

Sakura nerikiri

Shibori nerikiri

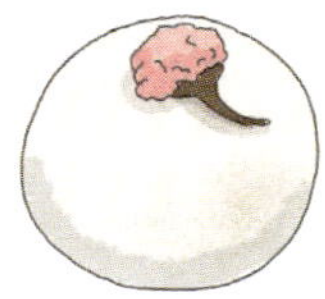
Sakura manju

夏 WAGASHI D'ÉTÉ

Kingyo kanten

Natsu shibori

Uchiwa

秋 WAGASHI D'AUTOMNE

Kuri yokan

Momiji

Botan nerikiri

冬 WAGASHI D'HIVER

Fuyu no happa

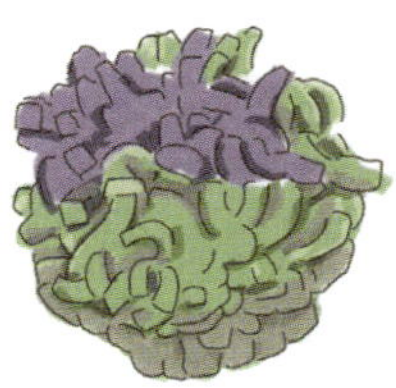
Fuyu nerikiri

Usagi manju

AUTRES PÂTISSERIES JAPONAISES

ドラ焼き

Dorayaki
Pancakes fourrés à l'anko (purée de haricots rouges)

大福もち

Daifuku à l'anko
Purée de haricots rouges entourée de mochi (pâte de riz gluant)

桜餅

Sakuramochi
Riz gluant fourré de anko et entouré d'une feuille de cerisier saumurée

LES BOISSONS 飲み物

Les Japonais consomment principalement du thé, mais également des sodas et des boissons énergisantes au goût inattendu que l'on peut trouver à tous les coins de rue dans de nombreux distributeurs ! Côté boissons alcoolisées, on consomme principalement de la bière et bien sûr, le fameux saké.

LES THÉS JAPONAIS

玉露

Gyokuro

Son nom signifie la « perle de rosée », c'est généralement un thé de très grande qualité.

抹茶

Matcha

C'est de la poudre de thé utilisée pour la fameuse cérémonie du thé.

煎茶

Sencha

Le plus connu et le plus commun, car il représente les deux tiers de la production japonaise.

玄米茶

Genmaicha

C'est un thé mélangé avec des grains de riz brun soufflés.

ほうじ茶

Hojicha

Les feuilles sont grillées à 200 °C puis refroidies. Cela leur donne un aspect brun.

くき茶

Kukicha

Ce sont les tiges et brindilles du thé qui sont utilisées et parfois mélangées à une petite quantité de feuilles.

Dobin : théière à anse

Kyusu, théière traditionnelle à manche

Kyusu tetsubin : théière en fonte

LES DIFFÉRENTS TYPES DE BOISSONS

冷たい緑茶

Tsumetai sencha :
thé vert froid

むぎ茶

Mugi-cha :
infusion d'orge grillée

カルピスウォーター

Calpis :
boisson au lait

ラムネ

Ramuné :
limonade japonaise

ビール

Biru (bière) :
la boisson alcoolisée la plus consommée au Japon

焼酎

Shochu :
alcool de riz, d'orge ou de patate douce

梅酒

Ume-shu :
alcool à base de prune umeboshi

ウィスキー

Whisky :
le Japon produit des whiskies de grande qualité

酒

Le saké

Le saké, appelé « nihonshu », est la boisson emblématique du Japon. Il peut se définir comme un vin de riz et est issu de la fermentation des grains de riz. Le saké est une boisson subtile qui titre entre 14 et 17 °C, à peine plus que le vin.

Distributeurs de boissons

お祭りと年間行事

FÊTES ET FESTIVALS

Comme une ode à l'éternel éphémère du présent et du temps qui passe, les fêtes et festivals japonais sont souvent liés aux saisons. Ils sont l'occasion de se réunir en famille ou entre amis pour célébrer la nature, les ancêtres ou les esprits. Que ce soit pour l'arrivée des fleurs de cerisier, contempler la lune, célébrer les enfants ou les arcêtres, ces moments de communion permettent de vivre collectivement des expériences uniques et de souder la société tout entière.

お正月

お花見

FÊTES ET JOURS FÉRIÉS

休

- ● jour férié
- ● fête

Janvier

祝

		1	2	3	4	5
6	7	8	9	10	11	12
13	14	15	16	17	18	19
20	21	22	23	24	25	26
27	28	29	30	31		

Février

					1	2
3	4	5	6	7	8	9
10	11	12	13	14	15	16
17	18	19	20	21	22	23
24	25	26	27	28	29	

Mars

						1
2	3	4	5	6	7	8
9	10	11	12	13	14	15
16	17	18	19	20	ou 21	22
23	24	25	26	27	28	29
30	31					

Avril

			1	2	3	4	5
6	7	8	9	10	11	12
13	14	15	16	17	18	19
20	21	22	23	24	25	26
27	28	29	30			

Mai

				1	2	3
4	5	6	7	8	9	10
11	12	13	14	15	16	17
18	19	20	21	22	23	24
25	26	27	28	29	30	31

Juin

début

1	2	3	4	5	6	7
8	9	10	11	12	13	14
15	16	17	18	19	20	21
22	23	24	25	26	27	28
29	30					

Le calendrier nippon est parsemé de fêtes et de jours fériés souvent liés à la religion (shintoïste et bouddhiste) ou à la nature.

Juillet

		1	2	3	4	5
6	7	8	9	10	11	12
13	14	15	16	17	18	19
20	21	22	23	24	25	26
27	28	29	30	31		

Août

					1	2
3	4	5	6	7	8	9
10	11	12	13	14	15	16
17	18	19	20	21	22	23
24	25	26	27	28	29	30
31						

Septembre

	1	2	3	4	5	6
7	8	9	10	11	12	13
14	15	16	17	18	19	20
21	22 ou	23	24	25	26	27
28	29	30				

Octobre

			1	2	3	4
5	6	7	8	9	10	11
12	13	14	15	16	17	18
19	20	21	22	23	24	25
26	27	28	29	30	31	

Novembre

						1
2	3	4	5	6	7	8
9	10	11	12	13	14	15
16	17	18	19	20	21	22
23	24	25	26	27	28	29
30						

Décembre

	1	2	3	4	5	6
7	8	9	10	11	12	13
14	15	16	17	18	19	20
21	22	23	24	25	26	27
28	29	30	31			

LE NOUVEL AN (OSHOGATSU)

Le Nouvel An est sans conteste la fête la plus importante de l'année. On le prépare pendant plusieurs jours en suivant des rituels bien précis, avec de nombreux symboles, jusque dans les plats.

お正月

Les derniers jours de l'année sont consacrés à un grand nettoyage afin de commencer la nouvelle année sur de bonnes résolutions. La maison est décorée du **kagami-mochi**, deux mochi superposés et surmontés d'une orange, symbole de prospérité. La veille du Nouvel An, on se rassemble en famille pour préparer l'**osechi-ryori**, le repas du Nouvel An, et dîner d'un **toshikoshi soba**, symbole de longévité. Pour le passage à la nouvelle année, les Japonais vont ensuite au temple écouter les 108 coups de cloche. Le jour du Nouvel An est consacré à la dégustation du repas osechi et à la visite des temples.

お酒

Ootoso saké

Le premier saké de l'année est dégusté avant l'osechi pour se purifier de l'année précédente et pour être en bonne santé dans la nouvelle année. Il existe un rituel pour la dégustation de ce saké médicinal : chaque membre de la famille (en allant du plus jeune au plus âgé) boit une gorgée dans chacune des trois coupes, en commençant par la plus petite.

OSECHI-RYORI : LA CUISINE DU NOUVEL AN 御節料理

L'osechi-ryori est la cuisine du Nouvel An. Les plats sont préparés à l'avance pour être présentés dans un bento traditionnel à étages appelé « jubako ».

Fortement chargé en symboles, chaque plat ou ingrédient a une signification bien précise.

節分 SETSUBUN

Le 3 février a lieu la fête du Setsubun, qui célèbre l'arrivée du printemps selon le calendrier chinois. Pour l'occasion, de nombreux sanctuaires ou temples organisent des cérémonies et des rites folkloriques.

鬼は外！

福は内

Il existe plusieurs rituels à effectuer durant ce jour particulier, mais le plus connu est le lancer de haricots **fukumamé** pour chasser les démons et les mauvais esprits en criant « oni wa soto, fuku wa uchi ! » (« dehors les démons, dedans le bonheur ! »).

C'est traditionnellement le père de famille qui se déguise à l'aide d'un masque de démon et les enfants s'amusent à le poursuivre en lui lançant les haricots.

On déguste ce jour-là de gros futomaki appelés **ehômaki**. Ces maki originaires d'Osaka et garnis de sept ingrédients se mangent en entier, en respectant la direction donnée pour l'année. Cela apportera le bonheur pour l'année à venir !

雛祭り

HINA MATSURI

Le 3 mars est le jour de la fête du Hina matsuri, qui est consacrée aux petites filles. La veille, on dresse un autel de poupées représentant la famille impériale. Les poupées sont disposées selon un ordre précis sur un escalier recouvert d'un tapis rouge.

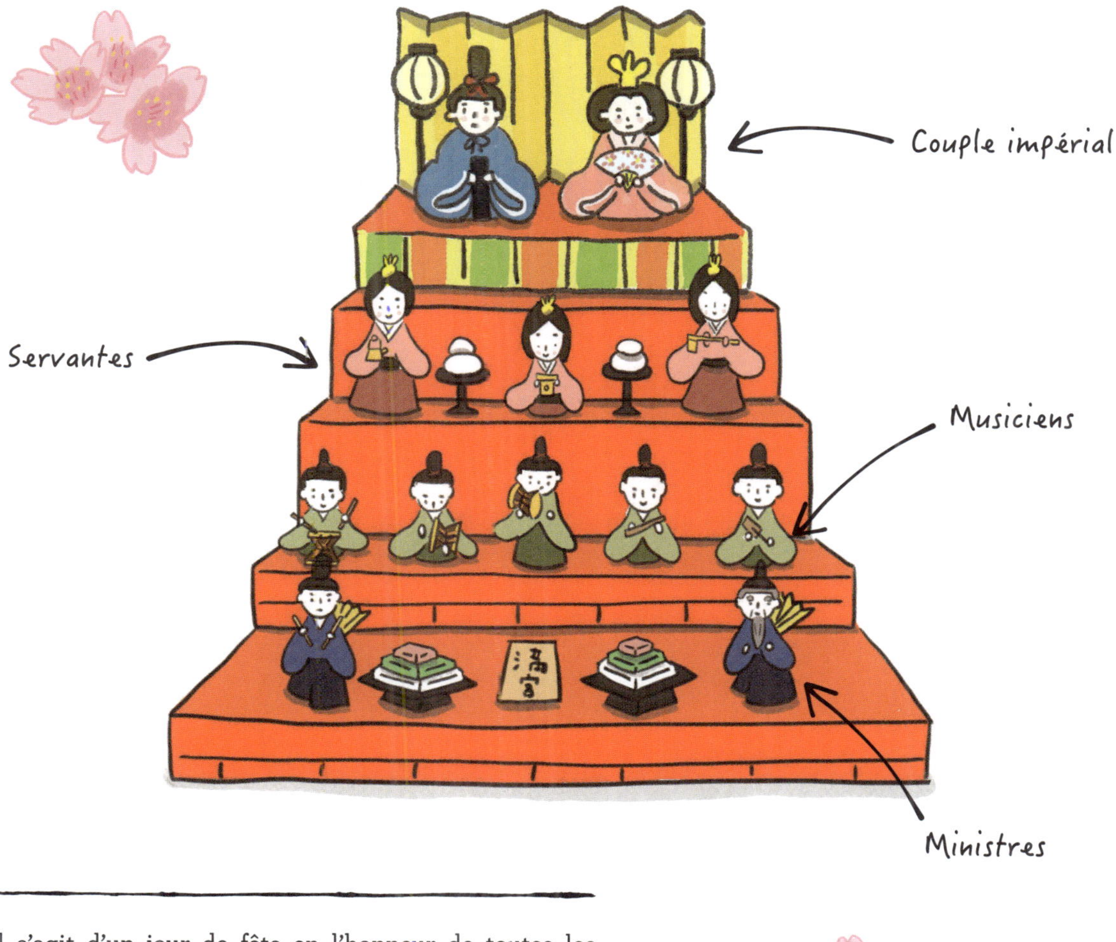

Il s'agit d'un jour de fête en l'honneur de toutes les petites filles, durant lequel elles s'habillent en kimono et dégustent des pâtisseries spécifiques.

お花見 HANAMI

Le printemps au Japon est intimement lié aux sakura, les cerisiers. Leur floraison éphémère est célébrée par tous les Japonais lors du hanami, qui signifie littéralement « contempler les fleurs ». Il s'agit, la plupart du temps, de pique-niquer sous un cerisier en fleur entre amis, en famille ou avec ses collègues.

LES VARIÉTÉS DE SAKURA

染井吉野

Somei yoshino : la variété la plus courante, à 5 pétales.

八重桜

Yaezakura : c'est le dernier à fleurir ; ses fleurs présentent de multiples couches de pétales.

山桜

Yamazakura : ce cerisier des montagnes est le premier à fleurir.

Symbiose de rose

La période des cerisiers en fleur est un tel phénomène que le rose sakura se décline dans tous les domaines de la vie courante : aliments, publicités, rames des métros et même parapluies... Le Japon voit la vie en rose le temps de cette communion avec la nature.

Prévisions des sakura

Le calendrier de floraison des cerisiers est très suivi au Japon. Les chaînes nationales font un point quotidien pour donner le pourcentage d'éclosion des fleurs par régions.

桜の開花予想

Sakura

KODOMO NO HI 子供の日

Férié au Japon, le 5 mai est le jour de la célébration de tous les enfants (« kodomo » signifie « enfant » et « hi », « jour »), bien qu'il s'agisse originellement de celle des garçons uniquement.
Ce jour particulier est chargé de nombreux symboles et rites aussi liés aux samouraï, mais c'est surtout celui où l'on accroche les fameux koinobori (banderoles de carpes).

Koinobori

Les koinobori, que l'on sort le jour de la fête des enfants, sont des manches à air en forme de carpe de différentes couleurs qui sont accrochées à des mâts de bambou. Les koi (carpes) qui remontent la rivière sont un symbole de courage et de persévérance dans de nombreux pays asiatiques. Les koinobori représentent aussi la famille : la carpe noire, la plus grosse et celle placée le plus haut, est la figure paternelle ; la rouge, en deuxième, est la mère et les autres sont les enfants.

C'est également l'occasion de fabriquer des casques de samouraï en origami et de déguster des mochi (gâteaux de riz gluant).

七夕 TANABATA

La fête de Tanabata a généralement lieu autour du 7 juillet, mais parfois autour du 7 août. On l'appelle la « fête des étoiles » car elle a pour origine une légende selon laquelle deux amants séparés ne se retrouvent que la septième nuit du septième mois de chaque année, dans la Voie lactée.

Des cartes de vœux *tanzaku*

Cette fête donne lieu à l'organisation de nombreux festivals à travers le Japon, dont certains attirent des millions de visiteurs. À cette occasion, les villes sont décorées de bambous sur lesquels sont accrochés des vœux inscrits sur des papiers multicolores.

お月見 TSUKIMI

« Tsuki » signifie « lune » et « mi », « regarder ». Tsukimi est une fête qui consiste à admirer l'astre lunaire lors de la pleine lune entre mi-septembre et début octobre.

Les Japonais croient voir dans les zones sombres de la pleine lune la silhouette d'un lapin en train de taper le riz gluant pour la fabrication du mochi.

Tsukimi dango

C'est l'occasion de préparer des offrandes, sous forme de mochi (pâte de riz gluant) ou de dango (brochettes de mochi), d'un blanc immaculé, à l'image de la lune.

Susuki

Des branches de roseaux susuki sont présentées dans un vase et placées en offrande, avec les mochi, au bord de la fenêtre, face à la lune.

七五三

SHICHI-GO-SAN

Littéralement « 7, 5 et 3 », le shichi-go-san est une fête qui célèbre le passage de tous les enfants à l'âge de 3 ans, des garçons à l'âge de 5 ans et des filles à l'âge de 7 ans. Elle se tient officiellement le 15 novembre, mais c'est le plus souvent lors d'un week-end d'automne que les familles se rendent au sanctuaire shintoïste pour assister aux cérémonies organisées par les prêtres à cette occasion.

Chitosé amé
Au temple, les enfants se font offrir un chitosé amé, la « sucrerie de mille ans », symbole de croissance et de longévité.

Lors de cette cérémonie, les enfants revêtent leurs plus beaux habits traditionnels : kimono très colorés pour les filles et hakama plus sobres pour les garçons.

LES PRINCIPAUX FESTIVALS

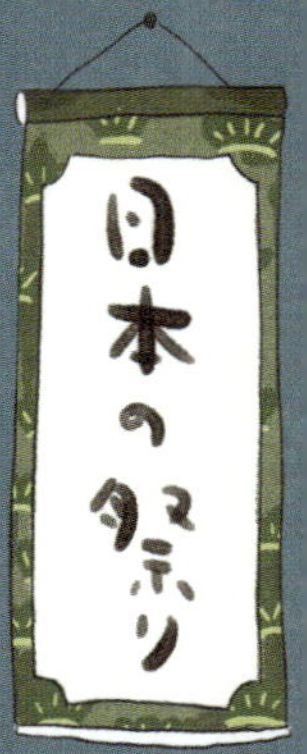

Le Japon célèbre des fêtes et rituels toute l'année. Voici un petit tour des principaux matsuri (festivals) à ne pas manquer.

Jidai matsuri
KYOTO
Fête de l'Histoire ; défilé de près de 2 000 personnages célèbres ou anonymes qui ont fait l'histoire de la ville.
22 octobre

Gion matsuri
KYOTO
Festival du sanctuaire Yasaka
En juillet

Saidaiji Eyo matsuri (Hadaka matsuri)
OKAYAMA
Fête de la Nudité ; près de 1 000 hommes simplement vêtus d'un pagne s'affrontent pour récupérer des shinji, des bâtons sacrés.
3e samedi de février

Hakata Gion yamakasa
FUKUOKA
Procession et courses de chars
Du 1er au 15 juillet

Awa odori
TOKUSHIMA
« La danse des fous », le plus grand festival de danse populaire
Du 12 au 15 août

Tenjin matsuri
OSAKA
Célèbre les études et l'apprentissage ; importants feux d'artifice.
24 et 25 juillet

Takayama matsuri
TAKAYAMA
Défilé de grands chars
14-15 avril et 9-10 octobre

Yuki matsuri
SAPPORO
Festival de la neige ; sculptures géantes de glace et de neige
1 semaine début février

Nebuta matsuri
AOMORI
Des nebuta (chars) illuminés paradent dans la ville.
Du 2 au 7 août

Tanabata matsuri
SENDAI
Festival des étoiles ; décorations dans toute la ville
Du 6 au 8 août

Chichibu yomatsuri
CHICHIBU
Le plus important festival de chars du Japon
2 et 3 décembre

Yayoi matsuri
NIKKO
Procession de chars aux fleurs de cerisier
17 avril

Sanja matsuri
TOKYO
Parade de sanctuaires portatifs mikoshi à Asakusa
3e dimanche de mai et les 2 jours précédents

Kanda matsuri
TOKYO
Festival du sanctuaire de Kanda Myojin
Le samedi et le dimanche autour du 15 mai, les années impaires

祭り

LES MATSURI

Les matsuri sont des fêtes populaires ou des festivals, souvent liés à des célébrations shintoïstes, qui se déroulent un peu partout au Japon. Ils ont généralement lieu l'été ; on y vient en yukata (kimono d'été) pour s'amuser, goûter aux gourmandises proposées dans de nombreux stands ou s'émerveiller des magnifiques hanabi (feux d'artifices).

HANABI 花火

Les feux d'artifices sont le symbole du matsuri d'été. On vient les admirer en profitant de l'air plus frais des soirées, sans oublier son uchiwa, l'éventail qui permet de se rafraîchir davantage. On y trouve de nombreux stands de nourriture appelés « yatai », qui proposent entre autres du ramuné, la limonade japonaise, et des kakigori, des cônes de glace pilée arrosée de sirop.

Uchiwa, éventail d'été

Ramuné (limonade) et **kakigori** (glace pilée)

Lors des matsuri, qui sont souvent liés à une célébration shintoïste, on peut voir des processions de chars ou de minisanctuaires avancer vers les temples. Le plus connu est le Gion matsuri à Kyoto, qui a lieu durant le mois de juillet.

Défilé de sanctuaires portatifs, les **mikoshi**

LE BON ODORI

Historiquement, c'est une fête religieuse qui célèbre les esprits des ancêtres. Aujourd'hui, le Bon odori consiste surtout en un festival de danse qui se déroule au mois d'août dans tout le Japon. Il s'agit d'une grande et joyeuse fête populaire très appréciée et particulièrement attendue par les enfants.

盆踊り

Les styles de danse et de musique varient d'une région à l'autre. Le plus grand festival de danse est sans conteste l'Awa odori, qui a lieu sur l'île de Shikoku, à Tokushima. Pendant 3 jours, du 12 au 15 août, la ville entière vit au rythme des « Yattosa ! Yattosa ! » (« Allez ! Allez ! ») scandés par les danseurs.

O-bon

La fête des Morts est une période de vacances importante du calendrier. Les Japonais retournent dans leur village natal pour aller se recueillir sur la tombe de leurs ancêtres. C'est durant cette période qu'ont lieu la plupart des Bon odori.

La danse des fous

« Un fou danse, un fou regarde ! Tant qu'à être fou, autant danser ! », ce refrain chanté par la foule a valu à l'Awa odori le surnom de « danse des fous ». Elle est aujourd'hui dansée dans de nombreux autres matsuri, notamment celui du quartier de Koenji, dans l'Ouest de Tokyo.

Les danseurs habillés en yukata ou en happi (yukata court porté avec un short) défilent dans les rues. L'Awa odori consiste à lever le bras droit vers l'avant en même temps que le pied gauche et vice versa.

La musique a bien sûr son importance dans les festivals de danse Bon odori. Ce sont principalement des taiko (tambours) et des shakuhachi (flûtes japonaises) qui accompagnent les danses, avec un rythme répétitif, mais joyeux et dynamique.

京都の紅葉

KOYO, FEUILLES D'AUTOMNE

En automne, le Japon prend les couleurs des momiji (les érables), qui recouvrent le pays de rouge et de jaune. Le koyo (« feuille rouge ») et le momijigari (« chasse à l'érable ») sont l'équivalent du hanami pour l'automne : c'est la contemplation des érables au pic de la saison.

Ginko, **momiji** (érable), **hozuki** (lanterne japonaise)... : l'automne offre au paysage japonais des variations de couleurs féeriques.

日本紅葉の名所

Les meileurs spots du japon

季節の花

CÉLÉBRATIONS DE LA NATURE

JANVIER

Tsubaki : camélia

Lieu : Izu Oshima Tsubaki Matsuri
Du 26 janvier au 22 mars

FÉVRIER

Umé : prunier

Lieu : Odawara, Kanagawa
Tout le mois de février

MARS

Momo : pêcher

Lieu : Fuefuki, Yamanashi
Fin mars – début avril

AVRIL

Sakura : cerisier

Lieu : Yoshino, Nara
Début avril

MAI

Fuji : glycine

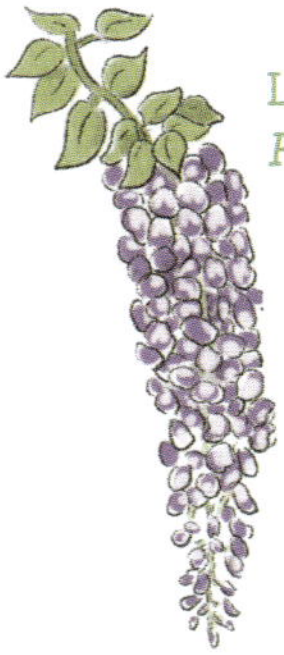

Lieu : Kawachi Fujien, Kyushu
Fin avril – début mai

Azalea : azalée

Lieu : mont Katsuragi
Mi-mai

JUIN

Otaqué : repiquage du riz

Lieu : Sumiyoshi, Osaka
14 juin

Hotaru : lucioles

Lieu : jardin de l'hôtel Chinzanso, Tokyo
Tout le mois de juin

JUILLET

Ajisai : hortensia

Lieu : temple Meigetsuin, Kamakura
Mi-juin – mi-juillet

AOÛT

Himawari : tournesol

Lieu : Kiyose Sunflower Festival, Saitama
Mi-août – fin août

SEPTEMBRE

Kosumosu : cosmos

Lieu : jardin Hana no Miyako, Yamanashi
Fin août – fin septembre

OCTOBRE

Kiku : chrysanthèmes

Lieu : parc Shinjuku Gyoen, Tokyo
Début octobre – mi-novembre

NOVEMBRE

Momiji : érables

Lieu : temple Kiyomizu-dera, Kyoto
Mi-novembre – mi-décembre

DÉCEMBRE

Fuyubotan : pivoine d' hiver

Lieu : parc Hamarikyu, Tokyo
Décembre-janvier

緑水館
雅谷屋
いずみ屋

À DÉCOUVRIR

Il y a tant de choses originales à découvrir au Japon qu'un seul voyage ne vous suffira sans doute pas pour faire le tour de ses spécificités. Malgré tout, il serait dommage de passer à côté de certains incontournables et classiques.
La découverte de ces lieux ou de ces activités vaut à elle seule toutes les explications sur la culture nippone. Se rendre dans un onsen, dormir dans une auberge traditionnelle ou visiter certains jardins est un moment inoubliable, un voyage unique dans la saveur si particulière de ce pays, mais aussi une porte d'entrée dans un espace-temps totalement nouveau.

鳥居

仏陀

絵馬

鯉

À NE PAS MANQUER

Voici une petite sélection des expériences typiquement japonaises qu'il serait dommage de ne pas vivre en allant au pays du Soleil-Levant.

1 Aller dans un onsen et plonger dans un rotemburo en plein hiver (p. 130-131).

2 S'initier à l'art du bain dans un sento de quartier (p. 33).

3 Dîner dans un izakaya animé (p. 92-93).

4 Passer une nuit hors du temps dans un ryokan (p. 128-129).

5 Vivre l'expérience éphémère du hanami (p. 106-107).

6 Participer activement à un matsuri (p. 112 à 115).

7 Se balader dans les ruelles de Kyoto en yukata (p. 43).

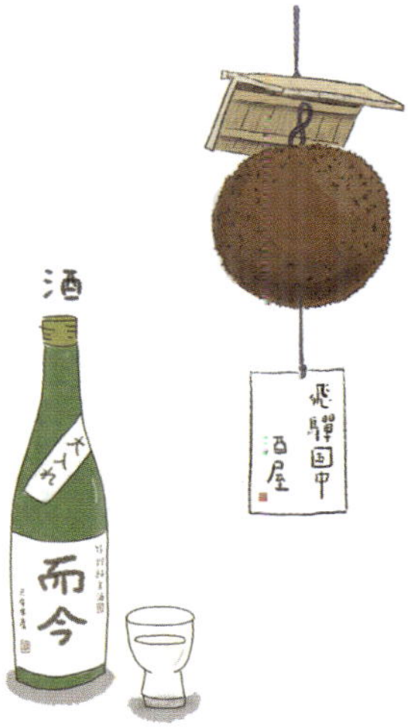

8 Découvrir la finesse du nihonshu dans un bar à saké (p. 97).

9 S'accouder au comptoir d'un sushi-ya (p. 74).

10 Contempler un jardin zen dans un temple de Kyoto (p. 136-137).

11 Admirer la richesse de la cuisine japonaise dans un depachika (p. 28).

12 Assister à une cérémonie du thé (p. 44-45).

13 Prendre le Shinkansen et déguster un ekiben (p. 24-25).

14 Prier au temple pour la nouvelle année (p. 134-135).

SE LOGER

Lorsqu'on voyage au Japon, il existe différents types de logements, qu'on choisit selon son budget bien sûr, mais également selon que l'on recherche quelque chose de traditionnel ou de moderne.

Ryokan 旅館

C'est une auberge traditionnelle, avec des chambres à tatami et un service de qualité. La plupart des ryokan proposent des dîners haut de gamme et peuvent même servir des repas gastronomiques kaiseki (haute cuisine japonaise). Pour plus de détails, rendez-vous p. 128-129.

Minshuku 民宿

C'est l'équivalent de la chambre d'hôtes. Vous êtes accueilli dans une maison familiale où sont proposées des chambres simples à tatami avec des futon. Les toilettes et le bain sont partagés. La pension complète sera l'occasion de goûter la cuisine familiale et de découvrir les petits déjeuners à la japonaise (soupe miso, riz, poisson grillé...). Une expérience idéale pour s'immerger dans la culture nipponne !

Temple

Une autre façon de découvrir le Japon traditionnel est de loger dans un temple bouddhiste, de goûter la shojin ryori (la cuisine zen végétarienne) et d'assister, si on le souhaite, à l'office du matin (voir p. 66-67).

Pension

Les pensions se situent plutôt en bord de mer ou dans les stations de sports d'hiver. L'ambiance y est plus familiale que dans un hôtel.

Hôtel

Les hôtels de style occidental proposent des chambres proches de celles que l'on peut trouver chez nous. Il existe également de nombreux « business hotels » qui ont des chambres très abordables (mais sans charme).

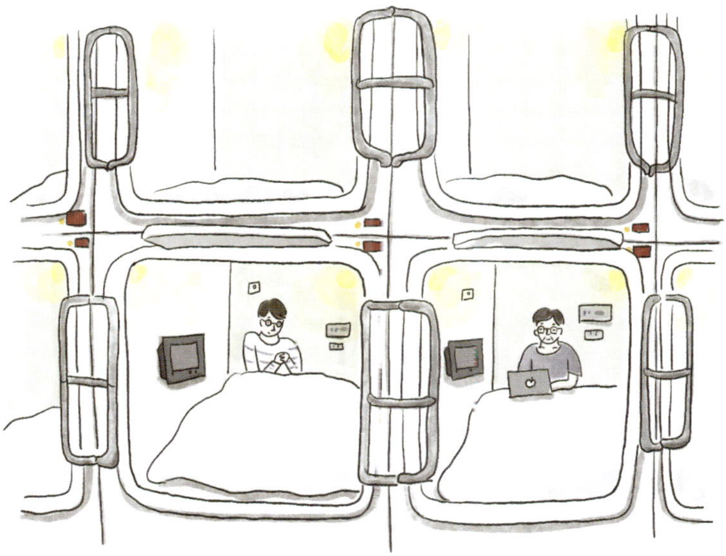

カプセル
ホテル

Capsule hotel

Plutôt qu'une chambre, c'est d'un lit dont vous disposerez dans un « capsule hotel ». Mais au lieu d'être dans un dortoir avec des lits superposés (comme dans les auberges de jeunesse), vous dormirez dans une sorte de capsule dans laquelle vous aurez la télévision, la radio et une certaine intimité en fermant le rideau.

Autres types de logements

Vous pourrez également loger dans des auberges de jeunesse ou louer une maison ou un appartement qui vous permettra de vivre à la japonaise.

Attention, au Japon, le prix des logements est toujours indiqué pour une personne et pas pour une chambre, car les repas sont souvent compris.

旅館

RYOKAN, LES AUBERGES TRADITIONNELLES

Historiquement, les ryokan accueillaient des voyageurs de passage. De nos jours, ils sont devenus des auberges plus ou moins luxueuses qui, pour la plupart, ont conservé une ambiance authentique.

Un séjour dans un ryokan est un saut dans l'espace-temps où l'on perd ses repères habituels. On vit à un autre rythme, bercé par les bains, les sons, les odeurs et les saveurs du Japon traditionnel. Mieux vaut ne rien vouloir faire de particulier : c'est l'occasion d'ouvrir ses sens et d'apprécier le goût unique de l'instant présent…

CHRONOLOGIE D'UNE NUIT DANS UN RYOKAN

1 À l'entrée, on enlève ses chaussures. On attend, généralement dans un petit salon avec un thé et une sucrerie, que l'hôte nous accompagne dans la chambre.

2 La chambre est composée de tatami avec une table basse (pas de literie pour le moment). Certaines chambres possèdent un petit salon avec des chaises, un balcon ou un petit jardin privatif. Dans la chambre, on dispose de yukata (vêtements d'intérieur que l'on garde tout le séjour), de chaussettes et d'une petite serviette de bain. C'est à ce moment que l'hôte explique le fonctionnement de la maison, notamment des bains, ainsi que les horaires et le lieu des repas.

3 Avant le dîner, on peut prendre un bain. En fonction du ryokan, il en existe différents types. Certains sont extérieurs (rotemburo), d'autres sont privatifs.

4 Le repas est servi assez tôt, dans la chambre ou dans une salle à manger. C'est un menu de type kaiseki avec les spécialités locales et de saison. Chaque plat est présenté par la personne, souvent vêtue d'un kimono, qui l'apporte.

5 Lorsqu'on retourne dans la chambre, les futon ont été disposés sur les tatami. C'est l'heure de reprendre un bain ou de se promener en yukata à la lumière des étoiles ou de la lune...

6 Le lendemain matin, un petit déjeuner de type japonais (avec du riz et du poisson grillé) est servi.

Repas kaiseki

La panoplie du ryokan avec le yukata, la ceinture, les chaussettes et la petite serviette de bain. Cette dernière peut être emportée à la maison en souvenir.

LES ONSEN 温泉

L'art du bain est un rituel sacré dans cet archipel où jaillissent de très nombreuses sources volcaniques. Les onsen, dont le nom signifie littéralement « source chaude », sont des sources thermales offrant des bains chauds où l'on se prélasse et se détend.

Il existe des bains extérieurs, appelés rotemburo (bains à ciel ouvert), qui permettent de profiter de la nature environnante. Un véritable moment de bien-être que je vous souhaite de connaître un jour.

Dans un onsen, l'eau doit sortir de terre à au moins 25 °C (elle est ensuite chauffée ou refroidie pour atteindre 43 °C environ) et contenir des minéraux. Chaque station thermale possède ainsi une eau aux vertus spécifiques pour la santé et la peau.

ONSEN, MODE D'EMPLOI

Il est important, avant de plonger dans ces eaux aux bienfaits uniques, de connaître quelques règles.

1. Déshabillez-vous totalement (les maillots de bain sont interdits) en laissant vos vêtements dans des paniers ou des casiers.

2. Lavez-vous en prenant place sur un des tabourets disponibles et en vous servant de la douchette ou en remplissant les bassines d'eau. Veillez à bien vous rincer.

3. Entrez tout doucement dans l'eau. Attention, le bain est généralement très chaud, il faut donc s'habituer au fur et à mesure. Si vous avez une petite serviette, ne la mettez pas dans l'eau.

4. Essuyez-vous avec votre petite serviette afin de ne pas rentrer mouillé dans le vestiaire et pensez à bien vous hydrater après le bain.

TOUR DU JAPON DES ONSEN

Il existe près de 3 000 onsen dans l'archipel.
Voici une sélection de sources thermales à découvrir.

Hoshi onsen

LIEU : préfecture de Gunma
PARTICULARITÉ : le ryokan Chojukan, vieux de 140 ans, dont le bâtiment est classé bien culturel matériel.
À NE PAS MANQUER : son bain intérieur entièrement en bois datant de l'ère Meiji.

Kinosaki

LIEU : préfecture de Hyogo
PARTICULARITÉ : village thermal du Japon d'antan
À NE PAS MANQUER : arpenter les ruelles typiques vêtu d'un yukata.

Arima

LIEU : préfecture de Hyogo
PARTICULARITÉ : une des plus anciennes stations thermales du Japon
À NE PAS MANQUER : un bain de pieds dans les ruelles anciennes

Béppu

LIEU : préfecture d'Oita, Kyushu
PARTICULARITÉ : la fumée des onsen s'échappe de tous les recoins de la ville.
À NE PAS MANQUER : la balade des Enfers, offrant des bains à une température très élevée.

Dogo

LIEU : Matsuyama, préfecture d'Ehime, Shikoku
PARTICULARITÉ : le plus connu et le plus ancien onsen du Japon
À NE PAS MANQUER : le Dogo Onsen Honkan, le bain public ayant inspiré *Le Voyage de Chihiro*.

Noboribétsu

LIEU : Hokkaido
PARTICULARITÉ : 9 sources à plus de 50 °C produisant 10 000 tonnes d'eau par jour.
À NE PAS MANQUER : le paysage lunaire de la vallée des Enfers

Nyuto

LIEU : préfecture d'Akita
PARTICULARITÉ : son eau laiteuse
À NE PAS MANQUER : le ryokan rustique Tsuru no yu, une vraie perle !

Takaragawa

LIEU : préfecture de Gunma
PARTICULARITÉ : ses 700 m² de bains en bordure de rivière
À NE PAS MANQUER : un bain solitaire au cœur de la nuit

Hakoné

LIEU : préfecture de Kanagawa
PARTICULARITÉ : au bord du lac Ashi, Hakoné est un des onsen proposant le plus grand nombre de bains.
À NE PAS MANQUER : un rotemburo (bain extérieur) avec vue sur le mont Fuji.

Shuzenji

LIEU : péninsule d'Izu, préfecture de Shizuoka
PARTICULARITÉ : un onsen niché au cœur de la montagne dans une ville chargée d'histoire.
À NE PAS MANQUER : une excursion le long de la rivière Kawazu pour prendre un bain au pied des cascades.

AU TEMPLE

Au pays des divinités, le lien au sacré fait partie intégrante de la vie quotidienne et les édifices et symboles religieux sont omniprésents dans le paysage japonais.

Si l'on a tendance à qualifier tout édifice religieux de temple, il est important de distinguer les temples bouddhistes (otera) d'un côté et les sanctuaires shintoïstes (jinja) de l'autre.

Statue de Bouddha

Otera, le temple bouddhiste

Dans le bouddhisme, originaire d'Inde, on vénère Bouddha. On trouve donc tout naturellement dans les otera des bouddhas sous forme de statue ou de peinture.

Jinja, le sanctuaire shintoïste

Dans le shintoïsme, on vénère des divinités (kami) – shinto signifie « la voie des divinités ». On reconnaît aisément un sanctuaire shintoïste à son tori, un portail généralement rouge qui marque l'entrée du lieu.

Omikuji, les papiers divinatoires

Tori

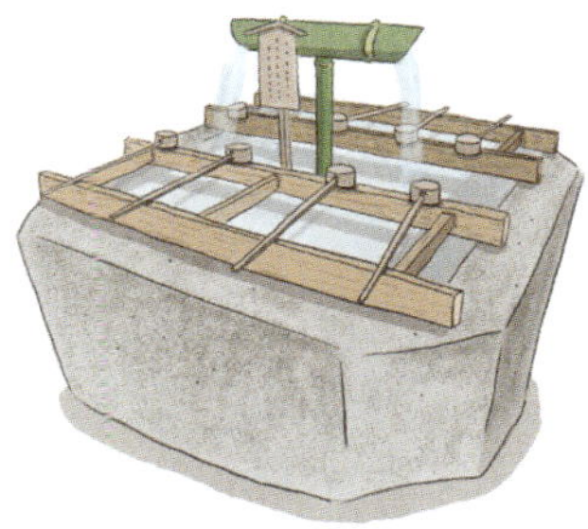

Chozuya

Ema, les plaques de vœux

PRIER DANS UN SANCTUAIRE

1 Faites sonner la cloche (s'il y en a une) en faisant bouger la corde afin de chasser les mauvais esprits.

2 Lancez une pièce dans la boîte en bois (saisen-bako).

3 Inclinez-vous deux fois.

4 Tapez deux fois dans vos mains pour signaler votre présence aux divinités.

5 Faites votre prière en gardant les mains jointes et la tête légèrement inclinée.

6 Inclinez-vous légèrement à la fin de la prière.

JARDINS JAPONAIS

La conception du jardin japonais est un art très élaboré qui se décline en trois principaux styles distincts, mais qui consiste généralement à représenter, dans un espace réduit, un lieu naturel. Qu'il se situe dans une demeure privée, un parc ou un temple, le jardin suit des codes esthétiques visant à recréer une atmosphère où l'asymétrie contribue à la beauté pure et naturelle.

Il existe de nombreux styles de jardins japonais, mais on distingue généralement trois types principaux.

– Le chaniwa est le jardin attenant aux maisons de thé. Il longe le chemin qui y mène et dont la conception obéit à des règles strictes. Le chaniwa est agrémenté de différents éléments comme des lanternes ou des bassins de pierres, certains constituant des indications pour le visiteur : les petites pierres invitent à avancer sans s'arrêter, une grande pierre est un lieu de pause pour observer, une pierre ronde entourée d'une corde et posée sur le chemin signifie que l'accès n'est pas autorisé.

– Le tsukiyama-niwa, littéralement « le jardin avec colline artificielle », représente un paysage naturel en miniature. Ce jardin de grandeur variable évoque des paysages célèbres : on y retrouve des collines, des lacs, des ruisseaux, des ponts... La promenade autour de ce type de jardins permet d'admirer plusieurs perspectives.

– Le karesansui est le fameux jardin sec que l'on trouve dans de nombreux temples zen. Il est généralement composé de gravier ou de sable, évoquant l'eau, et de pierres à base large. On y trouve aussi parfois de la mousse et des arbustes. Ce type de jardin d'une grande sobriété est un espace vide énigmatique qui favorise la méditation et la réflexion sur la vie.

四目垣

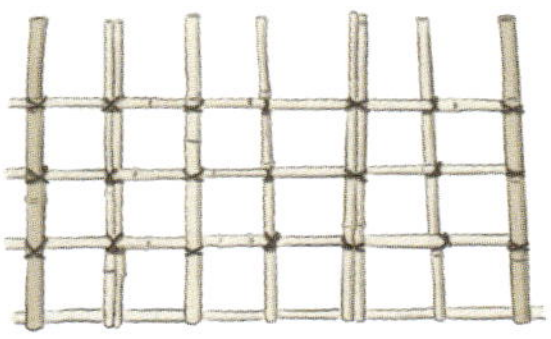

Le yotsume gaki est la palissade en bambou la plus utilisée pour les jardins zen. D'apparence simple, elle est néanmoins complexe à réaliser.

鯉

La carpe koi aux différentes couleurs est le poisson des bassins des jardins japonais.

関守石

Sekimori-ishi

Cette petite pierre entourée d'une corde signifie qu'il est interdit de passer.

On peut aussi citer le tsuboniwa, un petit jardin clos qui se situe généralement dans une maison, un restaurant, une auberge ou un temple. Il se contemple depuis une pièce de la demeure et permet de créer, à partir d'un tout petit espace et de quelques éléments — lanterne, pierre, bassin ou arbre miniature —, une ambiance apaisante.

ADRESSES À TOKYO

1. CHINZANSO : LE JARDIN ENCHANTEUR

Le jardin de l'hôtel Chinzanso à Tokyo vaut à lui seul le détour. À la tombée de la nuit, il m'est arrivé d'y voir des tanuki... Sans doute la magie du lieu avait-elle opéré !

2. YANAKA : LA BALADE À VÉLO

Une de mes balades préférées consiste à partir du temple Nezu et à aller jusqu'à la ruelle commerçante de Nishi-Nippori, à la découverte de ce quartier authentique et préservé.

3. KAPPABASHI : TOUT POUR LA CUISINE

Pour les fans de cuisine, cette rue est incontournable. Les magasins destinés aux professionnels y proposent tout ce qui tourne autour de la cuisine, de la vaisselle aux couteaux en passant par les faux plats en plastique.

4. OMOIDE YOKOCHO : LA RUE DES YAKITORI

À l'ouest de la frénétique gare de Shinjuku, découvrez ces ruelles à la tombée de la nuit pour goûter l'ambiance du Japon de l'après-guerre.

5. ISETAN SHINJUKU DEPACHIKA : LE PARADIS DES GOURMETS !

Les deux sous-sols de ce grand magasin situé dans le centre névralgique de Tokyo sont un régal pour tous ceux qui, de près ou de loin, s'intéressent à la nourriture.

6. MUSÉE NEZU : INTIME ET APAISANT.

Après une déambulation sur Omotesando (les Champs-Elysées tokyoïtes), l'arrivée dans ce musée offre un véritable oasis et un moment de contemplation de l'art et de la nature.

7. NAKAMEGURO : LE QUARTIER BOHÈME

Flâner le long de la rivière Meguro lors de la floraison des cerisiers est un moment de féerie. Le reste de l'année, les boutiques et cafés bohèmes du quartier sont un vrai bonheur.

8. TSUKIJI : LE MARCHÉ ALIMENTAIRE

Si le célèbre marché aux poissons a déménagé à la périphérie de Tokyo, il n'en reste pas moins un marché alimentaire très animé à deux pas du très chic quartier de Ginza.

9. TSUKISHIMA : L'ÎLE DU MONJAYAKI

Le monjayaki, spécialité tokyoïte, est une crêpe proche de l'okonomiyaki. L'île de Tsukishima, un quartier populaire du Sud de Tokyo, est le lieu où il faut venir déguster ces crêpes cuites sur une plaque insérée au milieu de chaque table. Convivialité assurée !

10. TOMIOKA HACHIMANGU : POUR DÉNICHER DES ANTIQUITÉS

Ce temple du charmant quartier de Monzen Nakacho accueille une brocante où j'aimais flâner le dimanche pour dégoter de la vaisselle ou de petits meubles en bois.

東京 TOKYO Carte des bonnes adresses de TOKYO

ADRESSES À KYOTO

1. LES YUDOFU DE RYOAN-JI : LA CUISINE DES TEMPLES

Après la visite du célèbre jardin zen de Ryoan-ji, une petite pause dans cette belle salle à tatami pour déguster un yudofu s'impose. Ce plat à base de tofu typique de la cuisine de Kyoto permet de repartir l'esprit clair et reposé !

2. FUNAOKA ONSEN : L'ART DU BAIN

Pour s'initier à l'art du bain à la japonaise, ce sento (bain public) est l'endroit idéal. Alimenté par une source naturelle, cet onsen offre également un bain extérieur.

3. VÉLO LE LONG DE LA KAMO-GAWA : KYOTO AU FIL DE L'EAU

C'est une balade que j'affectionne tout particulièrement car elle permet de voir la ville sous un autre angle. Partez de Demachiyanagi, un quartier étudiant plein de vie, pour descendre vers le centre historique.

4. ENKO-JI : LE TEMPLE CACHÉ

Un peu excentré, ce temple mérite pourtant une visite pour apprécier la beauté et la sérénité de ses différents jardins.

5. YOSHIDA-YAMA : UN CAFÉ CACHÉ DANS LA MONTAGNE

Partir du temple Yoshida-yama, passer la porte rouge, gravir les marches en pierre, traverser la forêt épaisse en plein cœur de Kyoto, découvrir une belle bâtisse en bois et se délecter d'un matcha latte : vous êtes bien au café Mo-An.

6. UN THÉ DANS LES JARDINS EIKANDO

Une petite pause dans les jardins de ce temple pour goûter au véritable matcha en plein air est un vrai plaisir.

7. KOKORO-YA : L'IZAKAYA DES ÉTUDIANTS

C'est un lieu où il est bon de s'attabler le soir pour profiter de l'ambiance animée et chaleureuse. On déguste ici les légumes de Kyoto. Un izakaya simple et convivial, que demander de plus ?

8. NISHIKI : LE MARCHÉ INCONTOURNABLE

Le marché de Nishiki est le ventre de Kyoto. C'est donc un lieu incontournable pour tous les amoureux de la gastronomie. Il ne faut pas hésiter à goûter pour ouvrir ses papilles à de nouvelles saveurs.

9. TOJI : LA BROCANTE

Cette brocante mensuelle (tous les 25 du mois) ayant lieu dans l'enceinte du temple Toji est l'occasion de dénicher de jolis kimono, de la vaisselle, des calligraphies ou encore des produits de petits producteurs.

10. YOSHIMURA KIYOMIZUAN : LES SOBA DE KIYOMIZU

Cet endroit a tout pour plaire. Situé à quelques minutes à pied du temple de Kiyomizu, le lieu offre une vue sur les toits du quartier d'Higashiyama. Les soba y sont fabriquées quotidiennement à la main, un gage de qualité qui se retrouve largement dans l'assiette (ou plutôt le bol) !

Kyoto 京都 Carte des bonnes adresses de Kyoto

INDEX

N

O

P

R

S

T

U

V

W

Y

Z

Je termine ce livre pendant cette période si particulière du confinement,
qui coïncide avec la saison où tous les cerisiers sont en fleur...
Un grand merci à Haruna pour ses si beaux dessins qui me procurent de réelles émotions et qui m'ont permis, au fil des pages, de voyager, de faire hanami, de me plonger
dans un onsen, de prier dans un temple ou tout simplement d'entendre
la petite musique entêtante du métro de Tokyo !
J'espère que vous aurez la même émotion en parcourant les pages de ce livre.

Laure Kié

Je voudrais remercier Laure pour l'incroyable opportunité de participer à cette belle aventure, ainsi qu'Aurélie pour la confiance qu'elle m'a accordée. En dessinant, mon esprit et mon cœur ont voyagé au fil des chapitres. Je souhaite aux lecteurs de belles découvertes et un très bon voyage à travers ce livre.

Haruna Kishi

Direction : Guillaume Pô
Direction éditoriale : Tatiana Delesalle
Édition : Aurélie Cazenave assistée de Chloë Prestwich
Direction artistique : Sylvaine Beck
Mise en page : Studio Blick
Direction de fabrication : Thierry Dubus
Suivi de fabrication : Julia Mirenda
Numéro d'édition : 24L0843
ISBN : 9782317024412
Code MDS : MN24412
Achevé d'imprimer en mai 2024 par Finidr en République tchèque

Dépôt légal : juin 2020
www.mangoeditions.com

MIXTE
Papier | Pour une gestion forestière responsable
FSC® C014138
www.fsc.org

Cet ouvrage est imprimé sur papier certifié FSC® (Conseil de Soutien de la Forêt), produit à base de fibres de bois issues d'une gestion forestière écologiquement appropriée socialement bénéfique et économiquement viable. Les encres utilisées sont des encres végétales, garantissant la démarche de développement durable de l'éditeur et de l'imprimeur.